いのちを守る

医療時代小説傑作選

宇江佐真理　藤沢周平　藤原緋沙子
山本一力　渡辺淳一
菊池 仁＝編

角川文庫
22607

目次

衣替え

山本一力

山本一力（やまもと・いちりき）

１９４８年高知市生まれ。東京都立世田谷工業高校卒。旅行代理店、広告制作会社、コピーライター、航空会社関連の商社勤務等を経て、97年「蒼龍」でオール讀物新人賞を受賞。２００２年『あかね空』で直木賞を受賞。江戸の下町人情を得意とし、時代小説界を牽引する人気作家の１人。他に『牛天神 損料屋喜八郎始末控え』『長兵衛天眼帳』などがある。

一

深川の夏は、八月十五日の富岡八幡宮《とみおかはちまんぐう》本祭とともに去る。

そして翌日には、秋がくる。

三年に一度の本祭を迎えるたびに、季節は律儀にこの手順で入れ替わった。

天保《てんぽう》四（一八三三）年も、深川では八月十六日の夜明けとともに秋風が吹き始めた。

九月の声を聞くと、朝夕はめっきり涼しくなった。下旬には、涼しさを大きく通り越していた。

「秋もすっかり深くなったてえが、朝のこの冷え込みは冬も同然だぜ」

「まったくだ。じっと立ってるだけじゃあ、足元からじんじんと冷えてきやがる」

九月二十日の六ツ半（午前七時）過ぎ。鍼灸師《しんきゅうし》染谷《せんこく》の治療院前では、駕籠《かご》舁《か》きふたりが足踏みを続けていた。

寒い寒いと、ひっきりなしにこぼした。が、前棒の玄太郎《げんたろう》も、後棒に肩を入れる辰丙《たつへい》も、素肌に薄手の半纏《はんてん》を羽織っているだけだ。

寒いのは道理の身なりだった。

引き締まって形のいい尻には、洗いざらした木綿《もめん》のふんどしが食い込んでいる。

ふたりの下半身は、剝《む》き身も同然だった。

まだ地べたがぬくもってもいない早朝である。駕籠を担いで駆けているならともかく、客待ちをするには寒さがつらかろうという格好だった。

「尊宅《そんたく》さんも、もうちっと遅くに……せめて朝日がすっかり昇ったころに仕立ててくれりゃあ、身体《からだ》も地べたもあったまっていただろうによう」

玄太郎は、前棒に手をのせた格好でぼやいた。玄太郎も辰丙も、ともに五尺七寸(約百七十三センチ)の大男である。

肉置《ししお》きのいい身体つきだけに、口をついて出るぼやきは不似合いだった。

「しゃあねえじゃねえか。いつなんどきでも、すぐさま仕立てに応じますてえことで、月極《つきぎめ》の酒手(駕籠賃)をもらってんだ」

「そいつあ、そうだが……」

辰丙に向かって、さらにぼやきをこぼそうとしたとき。

「すっかり朝夕は冷えてきたわねえ」

強い湯気の立つ湯呑《ゆの》みを盆に載せて、染谷の女房太郎《たろう》が駕籠舁きふたりに近寄った。

さすがは深川芸者で最上格の源氏名、太郎を名乗ってきた女房である。まだ早朝だというのに、身繕《みづくろ》いも髪結いも調《ととの》っていた。

染谷の治療院に届き始めた朝日が、太郎の黒髪の美しさを際立たせていた。

「葛湯《くずゆ》だけど温かいものを口にしたら、少しは楽になるでしょう」

太郎は砂糖をたっぷり奢《おご》り、甘味の利いた葛湯を拵《こしら》えていた。

「ありがてえ」

玄太郎は目尻を下げて喜んだ。

「あったけえのは、この冷え込みのなかじゃあ、なによりのご馳走《ちそう》でさ」

辰丙も礼を言ったが、玄太郎のように嬉《うれ》しそうな顔つきではなかった。

酒さえあればメシもいらないという辰丙は、なにによらず甘味を苦手としていた。

が、太郎の心づくしである。

湯気の立つ湯呑みに口をつけると、ズズッとひと口をすった。

「こいつあ驚いた」

辰丙の細い目が、まん丸に見開かれていた。

「辰丙さんは、甘いだけのは苦手でしょう？」

太郎は辰丙の葛湯には、生姜《しょうが》の絞り汁を垂らしていた。

「さすがは太郎姐《ねえ》さんだ、仏頂面で受け取ったのは勘弁してくだせえ」

辰丙が素直にあたまを下げているところに、風呂敷に包んだ焼物を提げた染谷が出てきた。

焼物には治療道具が収まっている。

九月も下旬ともなれば、朝の光が河岸《かし》に届くのは遅い。六ツ半を過ぎて、ようやく地べたを照らし始めていた。

「どんな様子なのだ？」

染谷は前棒の玄太郎に、さゆりの容態を問うた。早朝から駕籠を差し向けてきたのは、平野町の検校《けんぎょう》、大木《おおき》尊宅である。

尊宅のひとり娘さゆりの容態が、いきなりわるくなった。とにかく急ぎ往診をしてもらいたい……駕籠舁きは、染谷にこれだけを告げていた。

「申しわけありやせんが、あっしらはとにかく先生を迎えに行ってくれと言付かっただけでやすから」

玄太郎も辰丙も、患者の容態についてはなにも聞かされてはいなかった。

「分かった」

短く答えた染谷は、四ツ手駕籠に乗り込もうとした。

「まだ乗っては駄目ですよ」

太郎は駕籠の前に染谷を立たせた。

湯呑みを載せてきた盆を足元に置き、たもとから火打石を取り出した。

チャキッ、チャキッ。

乾いた音とともに、鑽《き》り火が染谷の肩口に飛び散った。平野町まで往診に出る染谷への、清めと縁起担ぎの鑽り火だ。

「しっかり治してあげてくださいな」

「まかせてくれ」

染谷は風呂敷包みを抱えて駕籠に乗り込んだ。

辰丙は垂れをおろしてから、後棒に肩を入れた。

はあん、ほう。

はあん、ほう。

長柄に肩を入れた駕籠舁きふたりは、息を揃《そろ》えて掛け声を発した。駕籠が一尺

（約三十センチ）持ち上がったところで、ふたりは同時に息杖《いきづえ》を地べたに突き立てた。

駕籠が辻《つじ》を曲がるまで、太郎は染谷を見送っていた。

染谷は九月初旬から、尊宅のひとり娘さゆりの治療を始めていた。

まだ十二歳だというのに、さゆりは身体中が黒い体毛でおおわれていた。なかでも下腹部の恥毛は、男の月代《さかやき》よりも剛《こわ》い毛が生えていた。

さゆりは上背こそ四尺一寸（約百二十四センチ）あったが、目方はわずか五貫三百（約二十キロ）しかない痩せぎすの身体だった。

恥毛は真っ黒なのに、胸のふくらみは皆無。あばら骨まで透けて見えそうな、貧弱な身体である。

その釣り合いのわるさを、染谷はひどく不憫《ふびん》に感じた。

「尊宅の娘は、熊の子みてえに身体中に毛が生えてるてえじゃねえか」

「親の因果が子に報いというが、まったくだ。お天道様《てんとう》は、しっかり見ていなさるぜ」

ひとは勝手なことを言い交わした。

金貸しを生業《なりわい》とする検校を、よく言う者はほとんどいない。因果の報いを受けたこどもは不憫だと言いながらも、さゆりを「熊の子」呼ばわりするうわさは絶えなかった。

ひと通りの触診を終えたところで、染谷はさゆりに寒くはないかと問診した。

「八幡様の本祭のときでも、身体の奥のほうはすごく寒かった」

さゆりの答えに、染谷は得心した。

「女人の体毛濃きは、冷え症にそのゆえありしこと多し」

遠き昔に読んだ唐土《もろこし》の文献に記されていた一節を、さゆりを触診して思い出していたからだ。

「そなたの症状には、鍼《はり》よりも灸のほうが効き目がある。少々の熱さは、そなたなら我慢できるじゃろう？」

染谷に笑いかけられたさゆりは、強くこくっとうなずいた。身体とこころを慈しむように触れた染谷の手に、さゆりはすっかりこころを開いていた。

染谷は、小さくても効き目の強いもぐさを調合した。熱は強いが、肌の極めて小さな部分しか焼かず、身体の芯にまで届く工夫である。

肩胛骨《けんこうこつ》のすぐ下から背骨を挟んだあたりの、都合六ヵ所。

腰の下部の六ヵ所。

へその上部と、へそ下三寸。

さゆりの身体に訊《き》きながら、染谷は冷えを治癒できるツボに灸をすえた。

とはいえ、さゆりはまだ十二歳である。

しかも身体は、骨が浮き出ているほどに痩せている。

おとなのように、続けての治療はむずかしいと染谷は判じた。

「七日の間をあけて、そなたの様子を見ながら治療を続けよう」

「ありがとうございます」

さゆりは両手を畳について辞儀をした。しつけの行き届いている所作に、染谷は目を細めた。

九月三日、十日、十七日の三度、染谷はさゆりに灸をすえていた。が、毛が薄くなるとか、抜け落ちるなどの効き目はまだあらわれてはいなかった。

もぐさが強すぎたのか……。

さゆりの容態が急変したとしか、染谷は聞かされていない。駕籠に揺られながら思い浮かぶのは、前回のもぐさの調合が強かったのかという思いだった。

はあん、ほう。はあん、ほう。

　駕籠舁きふたりは染谷を気遣い、揺れぬように加減して駆けている。

　風呂敷包みを抱いた染谷は、目を閉じて駕籠舁きの掛け声を聞いていた。

二

「おなかのあたりが痛いんです」

　染谷の顔を見るなり、さゆりは右手を腹部にあてて痛みを訴えた。

　娘につきっきりの母親おくみは、昨夜食べた豆腐が傷《いた》んでいたのではないかと、食あたりを案じていた。

　染谷はいつも通りに、布団の上でさゆりの触診を始めることにした。

「支度をしなさい」

「はい」

　しっかりとした声で応じたさゆりは、着衣をすべて脱いだ。

　部屋が寒くならないように、炭火の熾《おこ》った大型の火鉢が足元に置かれていた。差し渡しが一尺五寸（約四十五センチ）もある特大の火鉢である。

　炭は強い火力が長持ちする、姥目樫《うばめがし》から拵えた備長炭《びんちょうたん》だ。染谷の言いつけを守って、部屋のふすまを四半刻《しはんとき》（三十分）ごとに開け放ち、寝間の空気を入れ替えていた。

さゆりの肌に触れる前に、染谷は火鉢に手のひらをかざした。触れたときに、冷たさを感じさせないためである。

「うつぶせでいいですか？」

「よろしい」

染谷の返事を確かめてから、さゆりはうつぶせになった。

首筋から背中、そして尻まで。

黒い毛がもつれ合うように生えている。染谷は手のひらで、毛の手触りを確かめた。

首筋も背中も尻も、毛はいささかも柔らかくなってはいなかった。

「仰向けに寝てごらん」

染谷の物言いが優しい。

さゆりはためらうことなく、仰向けになった。右手は腹のあたりに当てたままである。

「腹が痛むのか？」

「おなかのなかではなくて、おなかの周りが痛む感じです」

さゆりは、腹痛を訴えていたわけではなかった。腹の周りに、強い違和感と痛みを覚えていたのだ。

「そなたは、このあたりの様子が尋常ではないと言いたかったのかの？」

染谷はさゆりのへその周りを、やさしく撫《な》でた。

「はい」

仰向けに寝たまま、さゆりはこくんとうなずいた。

いままで一度も感じたことのないへその周囲の違和感に、十二歳のさゆりは怯《おび》えた。

どんな言葉で言い表せばいいかが分からず、母親には「おなかが痛い」と訴えた。

母親は、すぐさま尊宅のもとに出向いた。

検校屋敷には、百人を数える座頭と、十人の役付座頭（勾当《こうとう》）が暮らしている。

それらの者の頂点に座す尊宅も、おくみ、さゆりとは別棟に起居していた。

「さゆりが、ひどい腹痛を起こしています」

おくみは強い口調で、娘の容態がよくないと尊宅に告げた。

「すぐにも、染谷先生に往診を頼んでくださいな」

「腹が痛むのであれば、染谷さんではなしに晩僕《ばんぼく》先生だろう」

尊宅は町医者大野《おおの》晩僕の名を挙げた。

「さゆりは、染谷先生にお願いしたいと言っていますから」

晩僕を勧める尊宅の言葉を、おくみはきっぱりと拒んだ。

平野町に診療所を構える晩僕を、町内の者は「葛根湯《かっこんとう》医者」だと陰口を叩《たた》いていた。大した診察もせず、病にかかわりなく葛根湯を処方するからだ。

「晩僕先生のところに、竹藪《たけやぶ》に花が咲いて心配だと相談に行ったやつがいるてえんだ」

「なんでえ、それは？」

「なんでも竹に花が咲くと、たちまち枯れちまうらしい。それが心配だから診てほしいと、晩僕先生に頼んだそうだ」

「そんなことなら医者じゃあなしに、植木屋に行くのが筋だろう」

「晩僕先生も、おんなじことを言ったらしい」

「それで、どうした」

「こちらは藪医者だとうかがったもんでと、真顔でやったらしい」

晩僕は、そんなうわさをされている医者である。町内の住人には評判はさっぱりだが、尊宅は利害に聡《さと》い晩僕を主治医に頼んでいた。検校屋敷の主治医を引き受ける医者は、晩僕のような者に限られていた。

「分かった」

染谷の人柄と技量が、どれほどのものか。尊宅も充分にわきまえている。

「染谷先生をお迎えに行くように、駕籠を仕立ててくれ」

「かしこまりました」

おくみとさゆりの世話役である勾当の元徳《げんとく》は、玄太郎のもとに座頭を差し向けた。

「ここを押しても痛みはないか？」

腹部を強く押しても、さゆりは格別に痛みを感じないようだ。染谷は風呂敷包みから天眼鏡を取り出し、へその周りの毛の様子をつぶさに調べた。

へそから秘部にかけては、ひときわ剛い毛が生えている。手で触れただけでは分からなかった。が、天眼鏡で診ると、へそ下三寸の毛は先端の色味が薄くなっていた。

灸の効き目か。

染谷の頬《ほお》が朱色に染まった。

さゆりが感じている違和感は、回復時の身体に生ずる「好転反応」に違いなかった。

身体が元通りになろうとするときには、一時的に腫れ物ができたり、高熱や痛みなどの症状を示すことがある。

わるいものを吐き出すことで、身体が回復を図るからだ。

染谷はしかし、すぐには断ずることをしなかった。天眼鏡を近づけて、まさしく体毛の一本一本の様子を吟味した。

色が薄れていたのは、ほかの部分にも見つけることができた。

「もう一度、うつぶせになってもらおうか」

隠そうとしても、染谷の声は明るく弾んでいる。染谷の浮き浮き心地は、さゆりにも伝わった。

「分かりました」

さゆりの声の調子も、すこぶる明るくなっていた。

腰の周囲と尻の下の体毛が、群れになって色あせていた。手触りは黒い毛と同じだが、先端の色味は黒ではなしに焦げ茶色である。

もはや、間違いはなかった。

「そなたが我慢をした甲斐《かい》あって、灸が効き目を見せ始めておる」

いま一度仰向けになるようにと言われたさゆりは、身体をぐるっと回した。その動きは、まさに十二歳の元気に溢《あふ》れていた。

「そなたが感じた腹部の違和感は、身体が治りつつあるときにあらわれる好転反応に間違いない」

聞き慣れない言葉を、さゆりは弾んだ声でなぞり返した。

「今日は幾らか大きめの灸をすえよう。そうすれば、治りが早くなる」

「治ったら、あたしの身体から毛が抜けてくれるんですか？」

「そうだ」

「抜けたら、あたしもおきみちゃんやよしみちゃんみたいに、すべすべになるのかなあ」

治療を始めてから、さゆりがこどものような物言いをしたのは、これが初めてだった。

「もちろん、すべすべになるとも」

「だったらあたしも、みんなと一緒にお湯屋さんにも行けるよね」

枕元に座した母親に、さゆりは飛び跳ねるような声を投げた。母親は返事の代わりに、大粒の涙を落とした。

「染谷先生……」

さゆりが、思い詰めたような声で話しかけてきた。

「どうかしたか？」

「熱いのは我慢するから、おっきなお灸で早く治して」

さゆりは強い目で染谷を見詰めた。

「そうするとも」

染谷は、いままでよりもひと回り大きな灸で治療を始めた。

さゆりは歯を食いしばって、染谷の治療を受けた。

「身体がきれいになるまで、これからは一日おきに灸をすえるが、よろしいな？」

「うんっ」

こどもっぽい返事には、さゆりの喜びが詰まっていた。


天保四年十月二日は己亥《つちのとい》の日である。

まるでその日を選んだかのように、さゆりの身体に大きな変化が生じた。

朝日が地べたを照らし始めたとき、身体をびっしりとおおっていた剛毛が、白髪のような薄い灰色に変わった。

驚きとうろたえが混じり合った表情のさゆりだが、怯えてはいない。つききりの母親も、怯えていない娘を見て安堵《あんど》していた。

正午を告げる時の鐘が鳴り始めるなり、灰色の体毛が抜け始めた。それも一本、二本ではない。束になり、ごそっと抜けた。

が、なにしろ全身をおおっている体毛である。すぐにすべては抜けなかった。

正午の鐘は捨て鐘三打に続き、本鐘が九打も撞《つ》かれる。すべての鐘が鳴り終わったとき、灰色の体毛はすべて抜けおちていた。

「どんなお祝いがほしい？」

母親に問われたさゆりは……。

「お湯屋さんに連れてって」

染谷を見詰めたまま、声を弾ませた。

三

天保四年の江戸は、十二月三日の夜明けから初雪が降り始めた。

さほどに厳しい冷え込みではなかったため、ひとひらが大きい牡丹雪《ぼたゆき》だった。が、雪は五ツ（午前八時）を過ぎても、一向にやむ気配はなかった。

「めえったぜ、この雪には」

大きな普請場を抱えている棟梁《とうりょう》は、雪空を見上げてため息をついた。

「この調子じゃあ、五寸（約十五センチ）は積もるだろうよ」

空見《そらみ》（天気予報）のできる棟梁の見当は、図星となった。牡丹雪は正午を過ぎても降り続き、八ツ（午後二時）どきには厚さ五寸の雪ノ原が深川にできていた。

「またもや平野町のあの男が、ひどい取り立てに走っているそうだが……おまえの耳には入っているか？」

染谷と同い年の医者・昭年《しょうねん》は手酌で盃《さかずき》を充たしながら、問いかけた。

染谷の治療院の客間には、大型のこたつがある。染谷お気に入りの、炭団《たどん》のこたつだ。

染谷と昭年は客間の障子戸をいっぱいに開き、大横川に落ちる牡丹雪を見ながら酒を酌み交わしていた。

とはいえ、酒は昭年だけである。染谷は熱々の玄米茶を呑みつつ、雪見を楽しんでいた。

「ひとのうわさなど、あてにはならん」

言い切った染谷は、分厚い湯呑みを手に持った。

「尊宅検校がきつい取り立てをするからには、相応のわけがあるに違いない」

あの男を軽々にわるく言うなと、染谷は昭年の口をたしなめた。

「随分と検校を買っているじゃないか」

「買っているとも」

応じた染谷は、尊宅の隠れた善行を話し始めた。

「あの男は世でいう、嫌われ者の高利貸しだ。約定《やくじょう》を破った者にきつい取立人を差し向けるのは、金貸しなら当然のことだ」

染谷の言い分を聞いても昭年は、うなずきもしなかった。が、聞く耳は持っていた。

「あの男は、おのれが嫌われていることを百も承知で、世間が知らぬ場所で目の不自由なこどもに、生きる術《すべ》を授けている」

染谷が背筋を張って問いかけた。

「あんた、それを知っていたか？」

「いや、知らぬ」

昭年は座り直して染谷を見た。相手が居住まいを正したのを見て、染谷は先を続けた。

「尊宅殿は屋敷内に一棟を設けて、目の不自由な子たちに按摩《あんま》の技を仕込んでいる。もちろん費《つい》えのすべては、尊宅殿が負っておる」

あの男を買っているのは……言葉を区切った染谷は、膝に置いた両手に力を込めた。

「すべてをひとに知られぬよう、隠れて行っていることだ」

わしらの寺子屋に通ずるものがあると、染谷は結んだ。

「それは知らなかった」

昭年から感心の声が漏れたとき。

「先生……染谷先生っ」

治療院の玄関から、男の大声が流れ込んできた。太郎は流し場で、肴《さかな》調理のさなかである。染谷当人が玄関に向かった。

声の主は駕籠舁きの玄太郎だった。

「検校さんのお嬢が背中が痛むてえんで、えらい騒ぎなんでさ」

すぐに往診してもらいたいと、玄太郎は顔を引きつらせていた。

「この雪道でやすから、そこの船着き場に猪牙《ちょき》舟《ぶね》を用意してありやす」

「すぐに支度をする」

治療室に入った染谷は、往診の支度を始めた。昭年は自分の治療院に戻り、痛み止めを調剤して染谷に手渡した。

五倫には『朋友《ほうゆう》の信』とある。

往診に同行はせずとも、昭年は染谷の治療の手助けを買って出ていた。

さゆりは八畳間で火鉢にしがみついていた。

火鉢のすぐわきには、分厚い敷き布団と絹布の掛け布団が用意されていた。が、布団にくるまることはせず、両腕で火鉢を抱きかかえていた。

「背中が痛くて、お布団に寝ることができないから」

痛みを我慢するあまりに、さゆりの口元は歪《ゆが》んでいた。

着衣を脱がせてうつぶせに寝かせたあと、染谷はさゆりの背中を触診した。

「そこが、とっても痛いの」

右の肩胛骨の下部に軽く触れただけで、さゆりは強い痛みを訴えた。

天眼鏡で細かに調べたが、肌に変わった様子は見つからなかった。

「灸をすえれば、痛みは和《やわ》らぐ」

まずは鎮痛だと判じた染谷は、身体の奥にまで届くもぐさを調えた。

灸が効かなければ、昭年が調剤した鎮痛薬を服用させるつもりでいた。

鎮痛薬の効き目は目覚ましいが、副作用として眠気を催す。施術をしないうちにさゆりが眠ってしまっては、容態の見極めができない。ゆえに染谷は、まず灸をすえてから、鎮痛薬を服用させようと決めていた。

小さくても強い熱が染みるもぐさに、染谷は火を点《とも》した。

「熱い」

我慢強いさゆりから、三度目の灸で熱いと声が漏れた。

「いま少しの我慢だ」

染谷が言い終わらぬうちに、もぐさは燃え尽きた。

ふうっ……。

さゆりが吐息を漏らした。

背中から、痛みがひいているのだろう。心地よさそうな吐息だった。

染谷は灸をすえた部位に見入っていた。

もぐさが燃え尽きると同時に、小豆色の染みが広がり始めた。大きな握り飯ほどに広がったあとは、染みの真ん中がいきなり盛り上がりを見せた。

巨大な腫れ物のごとくである。それは染谷といえども初めて目にした、患部の得体の知れない変化だった。

ふうっ。

またもやさゆりの口から吐息が漏れた。

それはしかし、先ほどにも増して心地よさそうだった。

「どうしたの、さゆり？」

「とっても気持ちがいい」

母親に答えるさゆりは、両目を閉じていた。

染谷は患部の変化から目を離さずにいた。

真ん中が大きく盛り上がっていた小豆色の染みは、膨らんだときと同じように呆《あっ》気《け》なくしぼんだ。

しぼんだあとは、染みも消えた。

目を閉じていたさゆりが、不意に起き上がった。

「どうしたの、さゆり」

母親の顔がこわばった。

「おしっこ、おしっこ」

かわやに向かうさゆりは、音を立てて廊下を駆け出した。

わけの分からないおくみは、呆《ほう》けたような顔を染谷に向けた。

「おたずねしたいことがある」

背筋を伸ばした染谷は、さゆりがかって肩胛骨のあたりを傷めたことはなかったかと問うた。

「言われてみれば……」

五歳のころに、踏み台から転げ落ちたことがあったと、おくみは応じた。

「町内のこどもたちと遊んでいたとき、父親の生業をなじられたあと、三尺（約九十一センチ）の踏み台から突き落とされました」

落ちた拍子に、肩胛骨の下のあたりを強く打った。が、ふた晩痛んだあとは、傷にもならずに治っていた。

「その古傷が、長い眠りから覚めたということでしょうな」

染谷が所見を口にしているところに、さゆりが戻ってきた。

「おなかがすいた」

なんでもいいから、口にしたいという。

「先生の前で、はしたないことを」

母親がたしなめても、さゆりは空腹だと言い募った。顔をしかめたおくみは、軽く手を叩いた。

すぐさま勾当の元徳が顔を出した。さゆりの容態が回復したことは、かわやに駆け出したときに分かっていたようだ。

「この子に、なにか口に入るものを」

「かしこまりました」

下がる元徳のあとを、さゆりは追いかけた。膳の支度が待ちきれなかったのだろう。

「まことに不作法なことを」

「腹が減ったのは、なによりだ」

染谷は笑顔で応じた。

「まだ、お茶も差し上げておりませんでした」

静かに立ち上がったおくみは、茶菓の支度を調えて戻ってきた。

娘の回復が、よほどに嬉しかったのだろう。おくみは染谷の好物の玄米茶を用意していた。仲町のやぐら下、岡満津《おかまつ》名物の「辰巳《たつみ》八景《はっけい》もなか」が茶請けに添えられていた。

「寒さよけになっていた体毛が抜け落ちたことで、五歳のときの打ち身が目覚めてしもうたようじゃが……あの子のこころは、十月の衣替えとともに回復しておった」

ゆえに古傷の打ち身がわるさを企《たくら》んでも、灸ひとつで退治ができたと告げた。

「十月の衣替えとは？」

問いながらも、おくみはみずから答えを見つけたらしい。

「毛が抜け落ちて、衣替え……」

おくみが泣き笑いのような顔つきになっているところに、さゆりが戻ってきた。

さゆりは染谷の前に正座をしたあと、畳に両手をついて辞儀をした。

「ありがとうございます」

灸の礼を伝えたあと、これで親孝行ができますと続けた。

染谷には、さゆりが言った意味が呑み込めなかった。

「親孝行と申されたのか？」

「はい」

さゆりは目元をゆるめた。

「あたしが元気になったことで、親の因果が子に報いと、おとうさんは、もうわるく言われずにすみますから」

さゆりはぺこりとあたまを下げた。

どこかで屋根の雪が落ちたらしい。

ドサッという音が、さゆりに調子を合わせていた。

まさにさゆりは快癒していた。

治療を始めたときのこの娘《こ》は、身体もこころもガリガリに痩せていた。

身体をおおっていた剛毛。あれはひとにこころを開くことのできないさゆりを守る、鎧《よろい》も同然だったのだ。

いまは染谷に礼が言えた。のみならず、検校である父への感謝まで口にできていた。

染谷は我が娘いまりのこども時分を、さゆりに重ねていた。さゆりもいまりも感ずるところがあれば、直ちにおのれの考え方を修正する、しなやかさを内に秘めていた。

憎しみすら抱いていた検校の父に、いまは正味の感謝を示せている、さゆり。

若さは柔軟と同義語、しなやかさこそが力だと、染谷はあらためて実感した。

快癒できたさゆりを目の当たりにした染谷は、さらなるさゆりの成長を願っていた。

（朝日文庫『たすけ鍼《ばり》 立夏の水菓子』に収録）

女牢

藤沢周平

藤沢周平（ふじさわ・しゅうへい）

１９２７年山形県生まれ。山形師範学校を卒業し教員となる。結核を発病、闘病生活の後、業界紙記者を経て71年「溟い海」でオール讀物新人賞を受賞し、73年「暗殺の年輪」で直木賞を受賞。95年紫綬褒章を受章。時代小説作家として幅広く活躍し、今なお多くの読者を集める。他に『たそがれ清兵衛』『海鳴り』『蟬しぐれ』などがある。97年歿。

一

朝の見回りで、その女を見たとき、立花登はおやと思った。どこかで見かけたことがあるような気がしたのである。女は戸前口のすぐ前の畳に、うなだれて坐っていた。

気づいたのは、奥の二間牢まで見回った帰りだった。往きに、女に気づかなかったのは、女牢はいま女囚が七人だけで、病人もいないので軽く声をかけただけで通りすぎたせいもあるが、女が坐っている場所が戸前口で、姿がよく見えなかったせいでもあるだろう。

——昨夜、新入りがあったのだ。

その新入りを、はてどこで見かけたのだろうという疑問が心をかすめたが、それは一瞬のことだった。相役の矢作《やはぎ》幸伯が、さっさと前を歩いて行くので、登はそのまま後を追った。

幸伯の勤めぶりは、至極型にはまっている。定められただけのことをやり、囚人によけいな情をかけたりはしない。しかし診立《みた》ても投薬の腕も、年季が入っているので、間違うということはなかった。やるだけのことをやっているのだから、それでいいともいえる。

だが一緒に牢内を見回りながら、そういう幸伯の勤めぶりに、登が時どき慊《あきた》りない思いを抱くことも事実だった。

たとえば、牢医の見回りを待っていたように、格子の中からおずおずと声をかけて来る男がいる。腹が痛むとか、頭が痛むとか訴えて来るのである。あきらかに仮病だとわかっていても、そういうとき登はその前に立ちどまらずにはいられない。牢の外の人間と、わずかの間でも言葉をかわしたい男の気持を感じる。

だが幸伯は、様子を一瞥《いちべつ》して仮病だとみると、声もかけずに通りすぎる。そしてそういう自分のやり方に、登が不満を抱いていることもちゃんと承知していて、余分の情をかけることは禁物です、決して囚人のためになりません、それに、あの者たちは罪人で、頭の中では、あなたなど思いもおよばぬしたたかなことを考えていますぞ、と若い登をいましめたりする。

げんに登はつい二月ほど前に、幸伯の忠告をきかずに、無実を訴える男にかかわり合い、事実は兇悪な悪人だったその男が、牢から出るのを手伝うという過失を犯している。幸伯老人の言うことには、長い歳月にわたって囚人を見て来た、いわば牢医者としての年季から割り出した道理があるようでもあった。

しかし矢作幸伯のそっけない背を見ながら歩いていると、登はつい罪人にも人間の心はあるだろうに、という気がするのである。

だがその日は、明け番だった。夕方までひまになる。ひまといっても、いったんは福井町の叔父の家にもどり、代診の仕事や、叔母の用があれば手伝わなければならないが、小伝馬町の牢屋敷の外に出ると、登はやはり解放された気分になる。また暑くなるにしろ、外には涼しげな晩夏の日射しが溢れ、町がすがすがしく晴れていたせいもある。その解放感の中で、登はつい半刻ほど前に女牢の中で見かけた女のことを忘れた。

家にもどると、叔父の小牧玄庵がめずらしく甲斐がいしく襷《たすき》がけで、つめかけた病人を診《み》ていた。暑い間は、登が明け番だと見越して、ごろごろしていることが多かったが、朝夕多少は涼しくなったのでやる気を起こしたようでもあった。挨拶した登にも、手伝えとは言わなかった。

叔母と従妹《いとこ》のおちえは留守だった。そろっていないところをみると、一緒の買物か、それともどこかに遊びがてらのお詣《まい》りにでも出かけたかと思われた。叔母もおちえも浪費家である。

――これでは働かずにおられまい。

めずらしくしゃかりきに働いていた叔父の姿を思い出し、登は自分の部屋に入ると、一人で笑った。

だが笑っているうちに、叔父は案外、叔母が留守なので働く気を起こしたようにも思えて来た。登は、叔父が酒に溺れたり、仕事を怠けたりしているのは、叔母があまり尻を叩きすぎるからでないかと、日ごろ考えていたのである。じっさい叔母のように口やかましい人間に、隙《すき》なく見張られていては、大概の男はやる気を失なうかも知れない。

――結構なことだ。

病人とむかい合って、どことなくいそいそと楽しげだった叔父の姿を思い返して、登はもう一度微笑した。叔父が、まだ医者の心を失なったわけでなかったのを、ひそかに祝福したい気持になっている。

叔母とおちえの留守は、登にも鬼のいぬ間の洗濯という気を起こさせる。叔父はやる気を出しているのだし、手伝うこともなさそうだ。それならひと眠りして、昼過ぎから道場に出かけようかと思った。明け番の日は、どこかに自分でも気づかない気づかれが残っている。登は畳に横になったが、間もなく睡気《ねむけ》がきざして来るのを感じた。そのまま睡気に身体をゆだねた。

ほんのひと眠りと思ったのに、目ざめると窓にあたる日がもう昼の気配を示していた。気分はさっぱりしている。登は開いた障子から、八ツ手の葉にあたっている強い日射しをしばらく眺めてから、台所に行った。もう昼刻《ひるどき》だということは、腹の空き工合からもわかる。

女中のおきよ婆さんが、すぐに飯を出してくれた。

「叔父貴は？」

「旦那さまは、もっとあとでいいとおっしゃってでございますよ」

とおきよは言った。登は台所の板の間に敷いたござの上に、膝をそろえて坐ると、食事にかかった。

叔父の家に来た日、ただ一度だけ茶の間で叔父や叔母と一緒に飯を喰ったが、次の日から叔母は登の膳を台所に下げた。叔父の本意ではなかったらしいが、叔母は登を居候と決めて、けじめが必要だと考えたらしかった。おかずにも差がついた。

だがその扱いに傷ついたのはいっときで、登は間もなく屈辱に馴れた。黙りこくって、作法を見られながら物を喰べているよりは、台所でおきよ婆さんを相手に、世間話をしながら喰べる方が気楽だった。

それに、近ごろの登はただの居候とは言えない。小伝馬町の牢医者の仕事は、本来叔父が勤めなければならない役目なのに、ずっと登がやっているし、家に帰っても代診の仕事がある。登がいなければ叔父の家では困るはずだが、叔母はまったくそのことに気づいていないらしかった。近ごろは、そういう叔母を滑稽に思うゆとりも出て来ている。

「叔母は、今日はどちらにお出かけかな?」

「王子のお稲荷《いなり》さんにお詣りですよ。雁屋《かりがねや》のおかみさんとか、二、三人ご一緒で」

雁屋の女房というのは、芝居見物の仲間で、相撲のように肥えふとった女である。

「あのおかみが一緒では、駕籠《かご》屋がたまるまい」

登がそう言うと、おきよは口に手をあてて笑った。

おきよは十数年も前に胆石を患《わずら》って、危い命を玄庵に助けられたのが縁で、小牧家の女中になった。そのままずっと住みこんで働いていて、その間に息子が大工の奉公を終え、一人前になった。近ごろその息子が母親を引き取りたいと言って来ているのに、耳をかさずに女中働きをつづけている。

「なんと言ったって、お医者の先生のそばにいるのが一番安心ですからね」

十数年前の大病に、よほどこりたらしく、いまもそう言っていた。だが登には、倅が嫁をもらえば、年寄はじきにじゃまにされるだけだからね、と言ったりする。物事に、深くはこだわらないさっぱりした性格だった。だから、口やかましい叔母のいいつけも、適当にいなしながら勤めることが出来るのだろう。

「もどりは駕籠かも知れませんけど」

とおきよは言った。

「みなさん歩きでおいでになりましたよ」

「おちえも一緒かな」

「いーえ、お嬢さんは、ほら……」

とおきよは手を振った。

「いつものあきちゃんと一緒に、どこかに出ましたよ。お昼にゃもどって来なさるかと思ったら、もどりそうもありませんね」

あきというのは、おちえと仲がいい細面の眼つきの鋭い女の子である。大人のようにたじろがない眼で、登を見る。表の茅町《かやちょう》の筆師の娘だということだった。

おちえも羽根をのばしているわけだ、と思った。するとおきよが、急に声をひそめた。

「あのあきちゃんという娘だけどね」

おきよがそこまで言ったとき、玄庵がぬっと顔を出した。おきよは、登の前からあわてて立ち上がった。

「お昼になさいますか」

「いや、あとでいい。あと、二、三人で済むから」

玄庵は言って、登を見た。

「お先に頂きました」

「む」

と玄庵は言ったが、思案するような表情になっている。

「なにか？」

「お前、出かけるか」

「はあ、ご用がなければ、若松町の道場にやらせてもらおうかと思っていました」

「いいよ、行っても」

玄庵は、そこで思案が決まったというふうに言った。

「ついでに一軒寄って行ってくれるか」

「はい」

「なに、薬をとどけて、ちょっと脈をみるだけの病人だ」

「場所は？」

「猿屋町の甚内橋のすぐそばだ」

結局は代診で、方角も逆だが、ま、いいやと登は思った。妙に張りきって飯も喰わずに働いていたが、叔父もくたびれたのかも知れないという気がした。

猿屋町は、叔父の家からまっすぐ北の方向にあるが、一たん表通りに出て入りこむので、ちょっと遠くなる。また夏がぶり返して来たような、暑い日射しの下を、登はいそぎ足に歩いた。

今朝牢の見回りのときに見た女を、はっきりと思い出したのは、猿屋町の町筋に入って、行く手に甚内橋とも、猿子橋ともいう橋が見えて来たときだった。

二

牢にもどって見回りを終り、夜食をたべると、することがなくなった。幸伯老人ははやくも押入れから夜具を引き出して、寝支度にかかっている。

幸伯は、半ばこの詰所に棲みついているようなものだった。町医である家の仕事は、成人した息子がついでいて、明け番で家にもどっても、さしてすることもないことが、話のはしばしからうかがわれた。

登などは泊りの翌日に、昼勤めがつづくと、明け番の朝は広い世界に立ちもどったように、気分が晴れるが、幸伯はそういう事情もあってか、さして家にもどるのが嬉しそうでもなかった。登が都合で昼勤めをかわってもらいたいなどと言えば、喜んで引きうける。

夜具を敷いて、ころりと横になった老人を見て、登は幸伯老人にとって、ここが家みたいなものだな、といまも思った。

登は行灯《あんどん》をひきよせて、机の上に書物をひろげた。やはり叔父の友達の吉川恒朴《よしかわこうぼく》という医者から借りたもので、畑黄山《はたこうざん》の斥医断という書物だった。畑黄山は天皇家の侍医をつとめ、のちには法印にすすみ医学院の号を許された大医だったが、斥医断は、万病一毒の説をとなえた古医方の大家、吉益東洞《よしますとうどう》の医説をあつめた書物である医断に、反駁《はんばく》を加えたものだった。

吉益東洞は、死生は医のあずからざるところにして、疾病《しっぺい》は医のまさに治すべきところなり、と実際的な医術を主張したが、黄山は、「死生は医のあずからざるところなりと言いて、その弊人の死を視て風花のごとくならしむる」ことは、流涕《りゅうてい》すべき言説だと反駁していた。

しばらくして登は顔を挙げた。東洞の万病一毒の説は、そのあと東洞の子吉益南涯や、のちの中神琴渓《なかがみきんけい》などによって、新しい展開をみている。畑黄山の論説は、当時の医説の争いを知るうえでは面白いといえるだろうが、いまの役に立つようなものではなく、少しく退屈だった。

登は顔をあげたまま、ぼんやりと行灯の光を眺めた。書物に気持があつまらないのには、もうひとつの理由がある。心の中に、一人の女囚の顔がうかんでいて、熱中をさまたげていた。

——何の罪で入牢しているのか。

猿屋町の道の上でその女を思い出してから、登はずっとそう思っていた。

人眼をひくほどの美人ではない。目鼻立ちのおとなしい、むしろ目立たない女である。ただ眼を伏せると、急にもの思わしげな愁いがその顔をつつみ、ふと男心をひきつける。そういう女だったが、以前に登がその女に会ったとき、まさか小伝馬町の牢の中で会うことになるとは夢にも思わなかったのである。女はこういう場所とはもっとも縁遠い人間にみえた。

夕刻の見回りのとき、登は注意してその女を見た。女は朝見たときと同じように、戸前口に近い畳の上に、石のように坐っていた。間違いなく、あの女だった。

女と知り合いとはいえない。女は三年前、登が江戸に来て間もなかったころ、叔父に言われて診《み》に行った病人の女房だった。むこうが登をおぼえているとも思えなかった。だがその女房が、登の記憶に残っているのには、少しわけがある。

病人は若い男だった。何かの職人のようにみえたが、ただそれだけの男でないのが、若い登にもじきにわかった。

「なんだい、おめえは？」

時次郎という名だというその男は、たずねて行った登をみると、いきなりそう言ったのだ。登が名乗ると、男は口をゆがめた。

「玄庵先生の弟子かい。ヤブの先生が、そのまた弟子をよこしたというわけだな。笑わせるぜ」

江戸に来て、登がいちばんびっくりしたのは、江戸者の口の汚なさだった。人の心を刺すようなことを平気で言い、しかもその口汚なさを誇る風さえあるのだ。思いやりというものを知らない野卑な町だと思った。

しばらくしてそういう町の風にも馴れ、口の悪さとはべつに、こまやかな人情の通いがあることも知ったが、はじめのその印象は変らなかった。

だが時次郎という男の喋《しゃべ》りかたには、ただの口汚なさではすまされない、もうひとつ毒が含まれているようだった。その男が、女のように色白で、水ぎわ立った男ぶりをしているのも気に喰わなかったが、登は黙って患部をみた。

男は足を挫《くじ》いて高い熱を出し、玄庵に診てもらった。高熱のもとが足の挫傷にあるのだから、元来が本道（内科）の医者である玄庵の任ではない。だが玄庵にはのんきなところがあって、応急の手当てをすると熱さましの薬をあたえていた。そういう病人だった。

登は湿布を剝《は》ぎとって、男の足を慎重に指でさぐった。傷そのものは、あらかたなおって来ているが、膝のあたり一帯が腫《は》れたままである。

「ここを押すと、痛みませんか」

「あ、いて、いてえ！　ちくしょうめ」

男が、登が患部のひとところを押すと、いくじなく悲鳴をあげた。

心の中で登は苦笑した。子供のころから柔術に打ちこんで来た登には、指先の感触ひとつで、男の骨がひとつはずれていることがわかる。その骨がおさまるべき位置におさまっていないから、そのあたりが熱を持ち、腫れがひかないのである。

叔父も一応の心得があるから、手当てをしたのだろうが、そこのところを見落していた。苦笑したのは、ヤブという男の罵《ののし》りが、まんざら見当違いでもないと思ったからである。

「少し荒っぽい手当てになるが……」

登は、そのときになってはじめて、男のうしろに坐っている、女房とみえる若い女に眼をやった。

女は、登がそう言いながら思わず眼でさがしたほど、ひっそりとそこに坐っていたのである。登は女に言った。

「おかみさんに、ご亭主を押さえていてもらいましょうか」

「ケッ、冗談じゃねえよ」

足を前に投げ出したまま、男は言った。

「嬶《かか》アの介抱うけるほどのいくじなしじゃねえや」

「そうでしょうが、ま、念のため」

と登は言った。

夜具の上に男を仰むけに寝かせ、女房にその肩を押さえさせると、登は手加減せずに骨をはめにかかった。

「あ、いたた。野郎」

男は悲鳴をあげて飛び起き、登につかみかかろうとした。

「おれを殺すつもりか、てめえ」

「辛抱なさい。すぐに済みます」

登は男の胸を突いて寝かせると、女房にしっかり押さえていてください、と言った。そして容赦《ようしゃ》なく手当てにかかった。

玄庵のはじめの手当てが甘かったために、男が立って歩けるようになるまで、ふた月ほどかかった。その間に、登は猿屋町の裏店《うらだな》にあるその家を、四、五回たずねている。それだけの縁である。

――だが、あの女がなぜここにいるのか。

登は書物を閉じると立ち上がった。同心詰所の方に行くと、明りは洩れているが、中はひっそりしている。夜勤の者を残し、あとは長屋に引き取ったようだった。

だが戸をあけると、世話役同心の平塚が振りむいた。詰所にいるのは三人だけで、ほかの二人は夢中になって碁を打っている。平塚はその碁を横から覆《おお》いかぶさるようにして眺めていたが、土間に入った登をみると立って声をかけて来た。

「やあ先生、お茶でも飲みませんか」

登を畳の上に招きあげると、平塚は器用な手つきでお茶をいれて出した。平塚は底冷たい感じがする三十過ぎの男だが、こういうことはまめにやるたちだった。

「先生は、囲碁はやらんのですか」

「いや、私は手をふれたこともない」

そんな話をしているうちに、平塚は登がほかに話したい用を持っているのに気づいたらしかった。薄笑いをうかべて言った。

「なにか、聞きたいことでもありますか」

「囚人のことなのだが……」

登は声をひそめた。だが平塚は、あの二人なら大丈夫という眼遣いをしてみせた。

「昨日の夕方入って来た女子のことで、少々うかがいたい」

「…………」

平塚は黙って登の顔を見ている。

「何の罪で入れられたか、ご存じか」

「知り合いですか」

と平塚は言った。そっけない口調だった。

「いや、知り合いというほどでもないが、だいぶ前に、あの女の亭主を診《み》たことがある」

「時次郎という男ですな」

「そう。さすがによくご存じですな」

登はおどろいてそう言ったが、平塚のそっけない口調は変らなかった。

「罪はその時次郎殺しです。出刃で亭主をひと突きにしたそうだ」

「………」

「おとなしい顔をしているが、なかなかこわい女でね」

「すると裁きは？」

「下手人（死刑）と決まっているらしいな。いずれ言い渡しが来る女ですから、先生、かかわりあわぬ方がよござんすぞ」

三

猿屋町のあたりを取締っている、岡っ引の六蔵は温厚な年寄だった。おしののことはあまりよく知らなかった。おしのというのが女の名前で、登はその名前を同心の平塚からはじめて聞いたのである。

「なにしろ、知らせを聞いて行ってみたら、家ん中が血の海でな」

と、六蔵は言った。

「亭主はもう死んでいて、そばに女がまだ出刃庖丁をにぎって坐りこんでいる。こいつは気が狂ったなと思ったね。だが、おれが踏みこんで行くと、おしのはしっかりした声で、人を殺しました、お奉行所に連れて行ってくださいと言いやがった」

「わけは何ですか」

「さあ、それが皆目わからねえ。裏店《うらだな》の連中にもずいぶん聞いて回ったが、くわしいことは誰も知らなかったな。ただそれより三日ほど前の晩に、何かあったらしい。おしのがただごとでない声を出したのを、裏店の近所の者が耳にしているそうだ」

「…………」

「だがそいつもけっきょくわからずじまいでね。おしのはお奉行所のお調べには、おとなしく答えたがわけを聞かれると、そこだけは口をつぐんだままだったそうだ」

「時次郎という男は、何をやっていた男ですかな？」

「うーん、まあやくざな男でね。博奕《ばくち》に手を出したりして目放しのならねえ野郎だったが、根っからの遊び人というわけじゃなくて、手に職を持っていた」

「ほう」

「小梅の瓦屋で働く瓦職人でな。ま、怠け者だったようだが、それで世間体をつくろっていたらしい。でなきゃ、裏店にも置いてもらえねえからの」

六蔵から聞き出せたことは、それぐらいのものだった。六蔵の家は富坂町にある。登は大いそぎで引き返して、猿屋町に行った。

六蔵は、時次郎は一応手に職を持っていたと言ったが、裏店の評判はもっと手厳しかった。

「瓦職人たって、あんた」

井戸端で、登に答えた女房は憤然とした顔になった。鶴のように痩《や》せて、よく口の動く女だった。

「近ごろは遊び人同然でしたよ。おしのさんが、表の森田町にある飯屋で働いて、やっと喰っていたんだから。飯屋たって、夜になれば酒も出すからね。帰りはいつも夜中になってさ、あのひと」

「じゃ、働いていなかったのかね、そのご亭主は」

「少しは働きもしたでしょ。家にごろごろしてちゃ体裁が悪いと思うかしてさ、朝から出かける日もあったから。でも帰ってくるのはたいがい夜中か、明け方だもんね。ウチらの亭主のように、晩飯をたのしみにもどって来るような、かわいい代物じゃないんだから」

「かわいいかね、あんたとこの亭主がさ」

一緒にいた、でっぷり肥えた女が半畳をいれた。その女の声は、男のように太くしゃがれている。それで笑い声が起きた。いつの間にか、四、五人の女たちが集まって来ていた。

「もののたとえだよ。話の腰を折らないでおくれ」

痩せた女は、肥えた女をきっとにらんだ。その表情があんまりこわいので、あたりの女たちはまた笑った。

甚六さんは、おとなしくて働きもんで、いいご亭主さ、と別の一人がとりなすように言ったので、痩せた女は、また登にむき直った。

「とにかく、おしのさんのご亭主が、まともな職人勤めなんざしてないことは、様子をさぐるまでもなくわかったね。ちょくちょくたずねて来る男たちが、これまた悪い人相してたんだ」

「男がたずねて来た？」

登は眼をほそめて女を見た。

「男たちというと、何人も来てたわけですかな。名前はわかりませんか」

「いろんなやつが来てたからね」

痩せた女は、ほかの女たちを見回した。するとそのうちの一人が、でもしょっちゅう来てたといえば、ほら、何とか言った、なりのちっちゃいあのひとじゃないかと言った。女たちは、しばらく登をそっちのけにして、がやがやとしゃべり合った。

「参吉という男だよ」

と、最後に別の女が登に言った。

「同じ瓦屋で働いてるとかで、しょっちゅうおしのさんのとこに来てたけど、あれもろくなもんじゃないね。昼日中に来ちゃごろごろしてて、夕方になると、殺されたご亭主と一緒にどっかに出かけてたんだから」

登はその男の顔かたちや年ごろまで、くわしく聞いた。女たちは、小梅村にあるという瓦屋の場所も、あらましは知っていたので、そのあたりをさがして参吉を見つければ、もっとくわしい話が聞けるかも知れない、と登は思った。

「ところで、おしのさんがご亭主を刺したわけだが……」

登がそう言うと、女たちは眼を伏せた。まだ記憶に生なましい出来事なのだ。

「なにか、心あたりはありませんか」

「夫婦喧嘩じゃないのかね。あたしだって、喧嘩するときにゃ頭に血がのぼってさ。この親爺刺し殺しちまおうかと思うもんね」

「でも思うだけだろ」

と一人が言った。

「思ったからって、さあ出刃をひっつかんでひと刺しというわけにゃ、なかなかいかないもんさ。子供もいるし」

「それでひと晩寝て、亭主の扱いがよけりゃ、朝にはけろりと忘れちまったりしてね」

女たちはどっと笑った。

「ふだんはどうでしたかな。しょっちゅう夫婦喧嘩をしてるようにみえましたか」

「そうでもないんだよね」

と、一人の女房が首をかしげた。

「どっちかというとひっそりしてて、ああおしのさん、悪いご亭主なのに、よくしてやってると思ってたもんね」

「でも、あのときはおしのさん、すごい声を出したね」

と肥えた女が言った。登は耳をそばだてるような気持でたずねた。

「三日前の晩とかの話ですか」

「そう、あんたどっかで聞いて来たね？」

とその女は言った。

「すごい声って、何か叫んだりしたのかな」

「何と言ったかまではわかんないよ。だけどすごい声だったよね、あんたも聞いたろ？」

女はそばの女に同意をもとめた。話しかけられた女はうなずいて言った。

「身の毛がよだつとでも言うのかねえ。あたしはそのとき、さあ寝ようかとみんなの夜具を敷いてたんだけど、思わず手をとめたもんね」

「それは何刻ごろの話ですか」

「そろそろ四ツ（午後十時）近かったかね。あの晩はおしのさんも帰りが遅かったんだよね。足音でああ帰って来たなと思って、それから四半刻もしたころさ」

「ずっとそうやって叫んでたんですか」

「そうじゃないさ」

と、肥えた女が、だみ声で言った。

「それだったら様子を見に行くよ。ほんの二声ほどだったね。あとはしんとしちゃった。それでもあたしゃ、亭主に様子みに行っておいでよ、と言ったぐらいだから、なにしろすごい声出したんだよ、あのひと」

「翌朝何か言ってましたか」

「それがさ、いつもより青い顔してたけど、べつに何ともなくてにこにこしてるから、こっちもゆンべ何かあったかとも聞きそびれちゃってさ」

その晩に、おしのというあの女に何かが起きたのだ、と登は思った。

裏店を出て、細い路地を抜けると、甚内橋のそばに出た。三年前のある光景が、まぼろしのように登の眼の奥にうかんで来た。

時次郎の手当てが終ると、おしのは薬籠《やくろう》を提げて登を橋の袂《たもと》まで送って来た。はじめの日、登は恐縮してその見送りをことわったが、おしのはきかずに送って来た。二度、三度と重なると、登は黙って橋まで送ってもらった。橋までの短い道を見送りながら、おしのは若先生はおいくつですか、と聞いたりした。

登が十九だと答えると、それなら私より三つも年下ですよ、とびっくりしたように言い、おえらいことと言ったりした。口数が多い女ではなかった。やっと話すことを見つけたというように、おしのが二言、三言そんなことを話しかける間に、二人は橋に出る。そこでおしのは丁寧にお辞儀をしてもどって行くのだった。

これで時次郎の手当ても終ったという日、登はいつものように、おしのに見送られて橋まで出た。そこで立ち話をした。

立ち話といっても、気軽にいろいろと話し合ったというのではない。いつものように、おしのが登のことをあれこれとたずね、登が聞かれたことに答えただけである。おしのは、この前に話したとき、登が羽後の亀田という土地から、江戸に出て来たことを知ったので、その日は登の田舎のことをいろいろとたずね、これからずっと江戸で暮らすつもりか、などとたずねた。おしのは、自分のことは話さない女だった。

その一刻が、胸がときめくように楽しかったことを、登はおぼえている。おしのは、身内の叔母と従妹のおちえをのぞけば、登がはじめて言葉をかわした江戸の女だった。人妻だが、まだ若い女だった。

洗いざらした粗末な木綿着に身体を包んだ裏店の女房だったが、化粧気のない頬にも、短い袖から出ている手にも、ほのかな血の色が沈んでいる。豊熟のときを迎えている若女房の姿が、登にはまぶしかった。

登はそのとき、心にうかんでいるあるひとつの考えを、おしのに言おうか言うまいかと、ひそかに悩んでもいたのである。言いたかったのは、おとなしいが、しっかりした気性にみえるおしのが、どうして時次郎のような男と一緒に暮らしているのかということだった。あんな男と手を切って別れたら、おしのはいくらでもしあわせをつかめる女のように思えた。若い登にも、ここふた月ほどの間に、それだけのことは見えたのである。

その気持を、おしのに伝えたかった。しかし、それは赤の他人に過ぎない自分が口出しすべきことでないようにも思われた。登が思い悩んでいる間に、おしのがふとわれに返ったように言った。

「すみません、若先生をおひきとめして」

「いや」

あのことを言うならいまだ、と思ったが、登の舌は石のように重く、言葉は出て来なかった。

「ありがとう存じました」

おしのは別れの言葉を言った。そして頰を染めると、不意に大胆な眼で登をじっと見た。

「もう、若先生にお会いすることもないでしょうね」

そう言うとおしのは、身をひるがえして足早に路地にもどって行った。

三年ぶりに、小さな橋の袂に立ちながら、登はそのあとしばらく、考えていたひと言を言わないでしまった後悔に責められたことを思い出していた。だがそれも間もなく忘れたのだ。女牢の中にいるのを見つけるまで、おしののことを思い出すこともなかった、と登は思った。三年前の後悔が、にがく心にもどって来るようだった。

四

「先生、ちょっと」

女牢の前で、登は低い声に呼びとめられた。格子に顔を寄せて呼びとめたのは、牢名主のおたつだった。

おたつはそろそろ四十に手がとどく年ごろの女で、女中に入った先で、次つぎと盗みを重ねた女賊だった。もっとも盗んだものは金ではなく、金銀を埋めこんだ高価な櫛《くし》、笄《こうがい》といったものである。それも取調べのたびに少しずつ白状するので、いまだに牢と奉行所の間を行ったり来たりしているしたたか者だった。

入牢してから二年近くもなる古顔で、女牢の中ではおたつを恐れない者はいない。おたつはいまは生まれながらの牢名主という顔つきで、女囚に足腰を揉《も》ませ、見回りの下男《しもおとこ》を抱きこんでは牢内で煙草を喫《す》い、時どきは酒まで持ちこませている。同心たちは、そういうおたつを見てみぬふりをしていた。

一度新顔の世話役同心が、おたつが身体をあたためるたんぽ徳利《とくり》に入れた酒をのんでいるところを見つけて咎《とが》めたことがあるが、このときのおたつの啖呵《たんか》がすさまじかった。並びの男牢でも、ひっそりと声をひそめたほどで、以来同心たちはおたつに構わなくなった。大目にみて、牢内の取締りをちゃんとやらせる方が得だということになったのである。

そのおたつにも弱味があって、癪《しゃく》持ちだった。癪が起きると七転八倒する。それも夜中のことが多いので、大方は登が手当てしている。先生、といったおたつの声に、この女らしくもない媚《こび》があるのは、若い登を日ごろ徳としているからである。

「なんだ」

登は格子の前に膝を折って、おたつを見た。今日はめずらしく明け番の幸伯が戻りが遅く、時刻なので登は一人で牢内を見回っていた。病人の数はわかっていて、薬は朝にやる定めだから、ざっと見回るだけでよかった。

「病人か」

「いえね、ちょっと」

と言って、おたつは格子に身体を摺《す》りつけた。内緒の話とみて、登について来ていた万平が離れて行った。おたつは下男たちにも恐れられている。その万平を見ながら、おたつはさらに声をひそめて、登に何かささやいた。

黙って登は聞いていたが、やがてきっぱりした声で、バカを申せと言った。

「そんなことが出来るか」

「出来ますよ、段取りはあたしがちゃんとつけるんだから」

「そういうことじゃない。法というものがあるぞ、おたつ」

「じゃ、先生はあの子をあわれだと思わないのかね。明日にもお迎えが来るかも知れない女だよ、おしのは」

「…………」

「ちょっとだけでいいってさ。ちょっとだけ抱いてもらえたら、思い残すことはないって、そう言ってるんだよ」

おたつは低い声でささやきつづけた。

「かわいそうに、あの子はむかし先生を好いていたのに、ひと言も言わずにしまったそうじゃないか」

「おしのをここに呼んでくれ。わしから話そう」

そう言って、登は牢内をのぞいたが、女牢の中は薄暗く、人の姿も影のようにぼんやり見えるだけだった。どれがおしのかはわからなかった。顔を合わせたおぼえもないのに、おしのはいつおれに気づいたのだろうかと登が思っていると、おたつが言った。

「先生、こわいんですか、やっぱり」

「こわいことはないよ」

登は苦笑した。だが意外なことを聞いたために、胸が波立っていた。

「しかしそれにしてもずいぶん肩入れするではないか、おたつ。おしのがそんなにツル（金）を持ちこんだとも思えぬが」

「ツルは大したことなかったさ。でもあたしゃ金に不自由してないからね」

おたつは胸を張った。

「女は女同士てやつだよ、先生。心意気ってのは、なにも男だけのもんじゃないよ」

「考えておこう」

と登はむっつりと言った。おたつが持ちかけて来た話は、いくら若い登でも二の足を踏むようなものだった。露《あら》われれば、いまの職を失うことはおろか、罪にされかねない。すると、おたつがまた顔を格子にくっつけるようにして、いそがないと間にあわないんだからね先生、とささやいた。登はもう一度牢の中をのぞいた。女牢の中はひっそりとしたまま、濃い夜のいろに包まれようとしていた。

翌日は登が明け番だった。家にもどって、叔母に言いつけられた用を二つほど、大いそぎで済ませると、登は道場に行くとことわって叔父の家を出た。

だが表の千住街道に出ると、浅草御門《ごもん》とは反対の、蔵前の方に足をいそがせた。中ノ郷の瓦町に行ってみるつもりだった。

大川と大横川をつなぐ源森川をはさんで、瓦焼きを職とする家が点々と竈《かま》を築いている。二日前に、登は川の北河岸を丹念にさがし回った。目あては参吉という男である。だが小梅の瓦屋には、そういう男はいなかった。時次郎が働いていた瓦屋も見つからなかった。今日は南河岸の瓦町をさがしてみる気になったのである。

蔵前から駒形を過ぎて浅草に出ると、登は大川橋を東にわたった。いそがないと間にあわないよ先生、というおたつの声が、耳の奥で鳴りひびいているようだった。

登は竹町から中ノ郷に入った。そして長勝寺の先から瓦町に入ると、また一軒一軒瓦屋をたずねて歩いた。そして三軒目にたずねた瓦屋で、あっけなく参吉という男を見つけたのである。

　登に、家の裏の河岸まで連れ出されると、参吉は警戒するように登を見つめた。

小梅の瓦屋というのは違っていたが、参吉の人相、風体は裏店の女房たちが言ったとおりだった。瓦職人らしく広い胸をしている、三十過ぎの小男だった。俗にいう金壺《かなつぼ》まなこで、ひげが濃い。

「用だったら手早くしてくんねえな」

　と、参吉は小心そうに言った。

「こっちはいそがしいんだから」

「わかった。聞きたいことはひとつだけだ」

　と登は言った。

「時次郎が、女房に刺し殺されたことは知っているな」

「知っているとも。あいつはダチだからな」

「じゃ、その三日前の晩に、あの家で何があったか聞かしてもらおうか」

「………」

「どうした？　友だちなら事情を知らないわけはあるまい」

参吉はいきなり逃げようとした。だがすばやく身体を寄せた登が、手首の急所をつかむと、みるみる顔に冷や汗をうかべた。ふるえ声で参吉は言った。

「おめえさん、誰だい？　お役人かい」

「違う、おしのの身内だよ」

「だけど、そいつをしゃべるとこっちの命がもたねえ」

「話すんだ、参吉」

登は指に力を集めた。

「どうしても聞かせてもらうぞ」

「いてッ、いてえ！」

参吉は身をよじった。顔からみるみる血の気がひいた。登は力をゆるめたが、手は放さなかった。

「さ、話を聞こうか」

「話すよ。若えのにおっかねえおひとだ」

参吉は額《ひたい》の汗をぬぐうと、薄気味わるそうに、上眼づかいに登を見た。

時次郎は博奕にのめりこみ、家から物を持ち出すようになったが、それでも足りずに金を借りるようになった。

はじめは賭場で借りたが、そこできつい催促をされると、今度はその借金を返すために、金貸しから借りた。時次郎や参吉のような、手慰みにはまった職人たちに、小金を融通する男がいた。

　同じ中ノ郷の原庭町に住む能登屋政右衛門という男だった。能登屋は表むきは薪や炭を商う店を営んでいて、瓦町の竈場にも薪炭を売っていたが、裏では金貸しが商売だった。ごつい人相をした取り立ての浪人者まで雇っていて、むしろそっちの商売で名前を知られている。

　能登屋は好色な男だった。貸した相手が、逆さに振っても血も出ないと見きわめがつくと、相手の女房なり娘なりを差し出させてなぐさみものにした。それで済ませるのではなく、そのあと女を売りとばして、取り立てるものは取り立てるのである。

　時次郎は、そのことを女房のおしのには言えなかった。政右衛門をこっそりと自分の家に引き入れると、外に飲みに出た。夜おそくもどったおしのは、亭主が寝ていると思って入って行った夜具に、やがてほかの男が寝ているのに気づいたのである。

「いくらてめえの女房でもよ、おれにゃ、そんな真似は出来ねえや。時の野郎が殺されたのは無理ねえよ」

「その能登屋という家に連れて行ってもらおうかの」

登は静かに言った。その夜のおしのの驚愕《きょうがく》と絶望を思いやっていた。おしのは、あたりを驚かすすごい声を出したあと、静かになったという。能登屋という男に因果をふくめられたのか、それとも力ずくで犯されたのかはわからない。だがいずれにせよそのときおしのは、すばやくこの世に望みを絶ったかも知れなかった。

「そいつはかんべんしてくんねえな、旦那」

「いまじゃない。いつかだ」

登は、静かに参吉を威嚇《いかく》した。

「逃げたりすると、お役人に言いつけるぞ。あんたが時次郎と一緒に手慰みに通っていたことは、いま確かに聞いたからな」

五

いつかと言ったが、そのときは半月後に来た。登は明け番の今日、家にもどると昼飯も喰わずに、こんこんと眠った。そして夕方になると家を出た。幸伯には、少し遅くなるとことわってあった。

源森河岸の瓦屋についたとき、あたりはとっぷりと夜色に包まれた。登は参吉を外に呼び出した。参吉はひとり者でその店に住込みで働いていた。

参吉の顔をみると、登はすぐに言った。

「さあ、能登屋に案内してもらうか」

「………」

参吉はいやな顔をした。だが登が、おしのは今朝お仕置きをうけたぞ、と言うと茫然とした表情になって登を見た。

「すると、死んだんで?」

「うむ」

なんてこった、と参吉はつぶやいた。そして先に立って瓦屋を離れると、のろのろと歩き出した。暮れれば人通りもない物さびしい町の上に、明るい月がのぼっていた。

二人はひっそりした路に、影をひきずりながら歩いて行った。

「いいかみさんだったのによ」

不意に参吉が登を振りむいて、そう言った。参吉の鼻のわきに、涙の筋が光っているのを見ながら、登は昨夜のことを思い出していた。

女牢の牢名主が癪で苦しんでいる、という知らせが来たのは五ツ半（午後九時）ごろだった。呼びに来たのは、当番所に詰めている平番同心だった。登は土屋という名前しか知らない。話したことはない同心だった。

登は土屋の後について、牢獄の中に入った。土屋はいったん当番所に入ると、弥助という下男を連れて出て来た。そして先に立って女牢の前に行くと、鍵を出して戸を開けた。

「手早くたのみます」

登を中に入れるとき、土屋はそっとささやいて、後から鍵をかけた。中ではおたつのうなり声がしている。段取りをつけるといったのはこういうことかと、登は思った。

急病人が出たときは、一応牢内から、いま土屋たちが立っている外鞘に病人を出して診るのだが、おたつはふだん土屋と弥助という下男に、かなりの金をつかませているらしかった。

しかしおたつは土屋たちに、おしのことまでは打ち明けていまい、と登は思った。そう思うと、これから自分がやろうとしていることが、天下の御法に触れる所業のように思えて来て胸がさわいだ。

牢内は一点の灯火も許されていない。明りを持っている弥助と土屋が、当番所との境にしりぞいてしまったので、牢内は闇に異らなかった。眼が馴れるまで、登はじっと立っていた。

すると、ぶ厚く大きな手が、登の手をとらえた。

「先生、あそこですよ」

おたつは暗い牢の隅を指さした。登はそちらを見たが、牢の隅には厚い闇がよどんでいるだけで何も見えなかった。するとおたつが手をにぎったままのび上がるようにして、登の耳にささやいた。

「かわいそうに、明日だよ」

「なに？」

「ついさっき知らせが来たんだ」

「本人は知っているのか？」

登がささやくと、肩までしかないおたつの頭が黙って左右に揺れた。斬首の言い渡しは、執行の日に行なわれるのだが、実際にはその前夜に、奉行所から囚獄の石《いし》出《で》帯刀《たてわき》に通告され、その知らせは、ひそかに牢名主までもたらされるのである。

おたつは、おしのの刑が明日執行されると言っているのだ。それだけ言うと、おたつは牢格子の方に歩いて行った。少し闇に馴れた眼で牢内を見ると、ほかの女囚たちも、黙々と牢格子の前に立ちふさがっているのがみえた。ほかの役人が、不意に見回りに来たりしても、中をのぞかれないようにそなえているらしかった。それもおたつのいう段取りなのだろう。

登は静かに隅の闇まで足を運んだ。おたつの言葉を聞いて、一度水を浴びたように冷えた心の中に、いまはおしのに対するあわれみとかなしみが溢れていた。今宵一夜と命を限られた女がそこで待っていると思うと、盲《めし》いたようにこの世の掟も忘れるようだった。牢獄も、いまの自分も忘れ、登は三年前の自分がもどって来るのを感じた。

女は闇の底にひっそりと横たわっていた。登はためらいなくそのわきに添い寝すると、腕を回して女を抱いた。はじめためらうようだった女の腕に、不意に力がこもった。はげしく登を抱きしめると、次にはあわただしく胸をひらいて、登の手をそこにみちびいた。

明日命を断たれるとは信じられない、あたたかく豊かな乳房に登は触れた。これでいい、と思った。しかし女の手が、登の手をにぎってさらに別の場所にみちびいたとき、登はわずかに自分をとりもどした。

「それは、いかんぞ」

低く叱った。だが登の若い身体が、その自制を裏切っていた。登の手は、すでに熱くなめらかな女の腿に触れている。女は巧みに身をよじって登の身体の下に入って来ると、脚をひらいて男の股間に手をのばして来た。

一瞬地獄の快楽ともいうべきものの中に包みこまれたと思った。登はすぐに果てた。その一瞬、女は身ぶるいして、ひと声嗚咽《おえつ》するような声を洩らすと、ひしと登を抱きしめた。獣のいとなみめいて、あわただしくひたむきだった女の動きがそこで静止した。ゆっくり腕の力をゆるめながら、おしのが、ありがとう、若先生とささやいた。

おしのは、牢に処刑の知らせがとどいたのを、昨夜のうちに勘づいていたのではないかと登が思ったのは、今朝切り場と呼ぶ処刑場に入るおしのを遠くから見送ったときである。

処刑の儀式は、牢番同心が受刑者がいる牢の前の外鞘に藁縄を懸けるところからはじまる。牢内の者に、暗にこの中に今朝処刑される者がいることを知らせるのである。

次に当番の鍵役同心が、町同心である牢屋見回下役、牢屋の打役同心、牢番同心らと牢の前に行って、出牢証文を見ながら、処刑者を確かめ、牢の外に呼び出す。そのとき牢内では押し出しという作法にしたがって、囚人を牢の外に出す。

押し出しは牢名主がキメ板で板の間を打つのを合図に、役人囚人が三人立ち、呼び出された者を羽目板に押さえつけ、二人は左右から手をとり、一人はうしろに回って尻を押し、足踏み鳴らして、「しッ、しッ」と言いながら戸前口から外鞘に出すのである。このとき牢名主が受刑人に紙の数珠《じゅず》をあたえ、口の中に金を含ませて「行って来い」と声をかけるのがしきたりだった。

受刑人はそこで切り縄をかけられ、閻魔《えんま》堂と呼ばれる牢庭改め番所まで連れて行かれて、検使役の奉行所与力から死罪の言い渡しをうける。そこから受刑人は、斬首の執行をとりはこぶ切り場の下働きに引きわたされ、裏門わきにある埋門《うずみもん》をくぐって刑場に入って行くのである。

裏門そばの埋門は地獄門とも呼ばれる。受刑人はここで面紙《つらがみ》と呼ばれる紙を、顔にかけられる。半紙を縦にして顔にあて、藁で額にしばりつけるのだが、この半紙を折り返して顔の前にさげれば、斬首のときの目隠しになる。

登が刑場に入るおしのを見送ったのは、そのときだった。面紙を持った男が前に立つと、おしのは一瞬不思議なものを眺めるように、あたりを見回した。そして牢獄の当番所前に立っていた登を見つけたようだった。かすかに白い歯をみせて、おしのが笑ったのを、登は見ている。すぐに面紙があてられ、おしの姿は埋門をくぐって刑場の方に消えた。あとに虚《むな》しいほど明るい秋の日射しが残った。

そのときの、ほとんど稚《おさ》なげにさえみえたおしの笑顔が、いまも登の記憶に刻まれていた。その笑いは、登の胸を深くえぐって来る。

「旦那、この家ですぜ」

参吉の声に、登は夢からさめたように、あたりを見回した。大きな構えの薪炭商いの店が眼の前にあった。店の横に空地があって、そこにも薪の材木が積んである。その店が能登屋だった。

登は参吉に耳打ちして、潜《くぐ》りから店に入らせると、自分は空地に行って、そこでじっと能登屋政右衛門を待った。そんなに長くは待たせず、能登屋は外に出て来た。ただし一人ではなく、屈強な身体つきの浪人者を連れていた。用心深い男だった。

登が声をかけると、能登屋は無造作に空地に入って来た。あとに浪人者がつづいた。

「内密の話だから外に出てくれというのは、どういうもんかね。そういう話は家の中でやるもんじゃないのかね」

能登屋は空地に入るなり、大声でそう言いながら登に近寄って来た。背丈も登を上回り、腹が出ている巨漢だった。その身体に似つかわしく、鼻も口も大きく、眼は鋭い光を宿す悪相の男だった。

「あんたが能登屋さんか」

登は静かに声をかけたが、そのときには無意識に左手に立っている浪人者に対して構えていた。

「おれは能登屋だが、あんた、誰だい」

「おしのさんというひとを知ってますか」

「おしの？」

能登屋は考える様子をしたが、すぐに首を振った。

「知らねえな。それより、話と言うのを聞こうじゃありませんか」

「じゃ、時次郎という男を知ってますか」

かまわずに登は言った。能登屋は今度は知らないとは言わなかった。

「時次郎なら知ってるさ。しようのない怠けもんだ」

「おしのさんというひとは、時次郎の女房ですがね」

「時の野郎の女房？」

「あんたに身体で借金を払わされた女です」

「ああ、へへ、へへ」

能登屋はひろげた左掌に、右の拳をぱんと打ちつけた。

「思い出した。ありゃあいい女だった」

能登屋は浪人者の方に、卑しい笑顔をむけた。

「素人で、あんないい身体をした女は、めったにあるもんじゃねえ」

登はすっと能登屋に近づくと、鋭く右の向う骨に蹴りを入れた。悲鳴をあげて、能登屋が前にのめった。それをみて、浪人者が、無言のまま凄い抜き打ちをかけて来たが、登はすばやく刀をかわすと、浪人の横をくぐり抜けざまに、稲妻と呼ぶ肋三枚目に当身を打ち込んだ。声もなく浪人者は前にのめって、薪の束の間に半身を突っこむと動かなくなった。

振りむくと、能登屋が地面を這って道にのがれ出ようとしていた。道に立った参吉が、その姿を茫然と眺めている。

登は襟がみをつかむと、能登屋を立たせた。能登屋はふらふらと立ち上がったが、立つと同時に登に殴りかかって来た。登はそれを待っていたのだ。腕をかつぐように、能登屋の身体の下に入ると、低く気合いを発して投げた。

能登屋の身体は、高く宙に舞い、一回転して地に落ちた。ぎゃっと言ったまま、能登屋は今度は動かなくなった。

後も見ずに道に出た登に、参吉がまた言った。

「さいですか。おしのさんは死んだんですかい」

帰ってよいと言って、参吉と別れると、登は早足に夜の町を南に歩き出した。胸が晴れたわけではなかった。胸の底に、いま照りわたっている月の光のように、澄明なかなしみが残っていた。

(講談社文庫『新装版　春秋の檻　獄医立花登手控え㈠』に収録)

名医

宇江佐真理

宇江佐真理（うえざ・まり）
１９４９年函館市生まれ。函館大谷女子短大卒業。95年「幻の声」でオール讀物新人賞を受賞しデビュー。２０００年『深川恋物語』で吉川英治文学新人賞、01年『余寒の雪』で中山義秀文学賞を受賞。人情味豊かな時代小説を得意とし、著書は「髪結い伊三次捕物余話」をはじめとするシリーズの他に、『雷桜』『通りゃんせ』などがある。15年歿。

一

馬喰町二丁目にある口入《くちい》れ屋《や》「きまり屋」は、おふくの伯父《おじ》と父親が営んでいる見世《みせ》である。その近所に町医者の岸田《きしだ》玄桂《げんけい》の家があった。

診療所を兼ねるその家は表通りの一本裏手に位置しており、母屋に面している庭を含めると二百坪もありそうなほど広い。玄関前には頑丈な長屋《ながや》門《もん》を設《しつら》え、遠くから見る分には、なかなか立派な建物である。門は二六時中開けっ放しにされ、ついぞ閉じられることはない。それは急に駆け込んで来る病人のためでなく、門自体が立ち腐れていて、閉じようにも閉じられないのだ。いや、玄桂の父親が病人の脈を執っていた頃は医業も繁昌《はんじょう》していて、夜中に駆け込んで来る病人も多かったという。玄桂の父親はそんな病人のために門を常時開けていたようだ。しかし、いかに頑丈な門でも、何十年も開けっ放しにしていては歪《ゆが》みや腐れが生じる。玄桂の父親が亡くなり、葬儀などでしばらく休業しなければならなくなった時、何十年ぶりかで門を閉めようとしたが、下男と弟子達が束になって掛かっても、門はびくともしなかった。すぐに大工を入れて手直しすればよさそうなものだが、玄桂の父親が亡くなって十年も経つのに門は今でもそのままだった。

子供の頃、おふくが風邪を引いて熱を出すと、玄桂の父親に何度か診て貰《もら》ったことがあった。痩《や》せて馬のように長い顔をした男だった。にこりともしなかったし、優しい言葉を掛けて貰ったこともない。しかし、おふくの脈を執ったり、胸と背中をとんとん叩《たた》いたりする時の指は温かかった。大変に苦い薬を処方され、身体のだるさよりも薬を飲むのに往生した覚えがある。それ以後は、さして病気らしい病気もせず、玄桂が父親の跡を継いでからは、おふくがそこを訪れたことはなかった。

玄桂は父親に似ない丸顔で小太りの男だった。年は三十五、六だろうか。十八歳の頃から長崎で修業していたという。どうりでおふくも、しばらく姿を見た記憶がないはずだ。

玄桂は長男で、姉と妹がいるが二人とも嫁いでおり、家には年老いた母親が一人いるだけだった。玄桂は残された母親のために江戸へ戻って来たのだろう。

玄桂はまだ妻帯しておらず、独り者だった。医業にかまけて、妻を迎える暇もなかったらしい。

長崎帰りの医者と言えば、普通は評判になるものだが、玄桂の腕は父親に及ばなかったようだ。寄宿していた弟子達ともうまく行かなかったらしく、弟子達は玄桂が戻って来て一年も経たずに離れて行った。父親に面倒を見て貰っていた病人は玄桂が江戸へ戻ると、最初の内こそ、通っていたようだが次第に足が遠退いた。さっぱり病状がよくならないからだ。その内に、あそこは藪《やぶ》だと噂が立ち、今では玄桂の許《もと》を訪れる病人の姿も滅多に見なくなっていた。

おふくの父親の友蔵と伯父の芳蔵は風邪を引くと、それでも玄桂を頼る。伯母《おば》のおとみも同様である。それは病人が少ないので待たされる時間が短いせいである。大したことのない病なら、藪でも十分、事足りると三人は考えているのかも知れない。いや、近所のよしみでもあろうか。

正月明けのおふくの仕事は、よりによって、その岸田玄桂の家の女中をすることだった。

「岸田先生の所は女中さんがいなかったの？」

見世座敷で伯父の芳蔵に言われ、おふくは怪訝《けげん》そうに訊《き》いた。

「ああ。今まで奥様が台所と若先生の仕事を手伝っていたんだよ」

芳蔵は玄桂のことを若先生と呼ぶ。母親の玉江《たまえ》が買い物の途中で転び、足首を捻《ねん》挫《ざ》してしまったという。そうなると台所仕事もできないし、玄桂の仕事も手伝えない。玄桂は切羽詰まってきまり屋に女中を頼みに訪れたのである。

「奥様は六十近いお年だから、治りも遅くなりそうね」

おふくの声にため息が交じった。

「ひと月ぐらいは覚悟したほうがいいな」

傍で父親の友蔵も口を挟んだ。

「住み込みになるのね。あの奥様、口うるさい人だと評判になっているから気が重いよ」

「だから、おふくに頼むんじゃねェか。そんじょそこらの娘じゃ勤まらねェよ」

そういう時だけ芳蔵はおふくを持ち上げる。

「きっと、あの奥様のせいで玄桂先生の所にお嫁さんが来ないのよ。ああ、お気の毒」

「とにかく、頼むよ。給金は前払いでいただいているから、安心しな」

友蔵はそんなことも言う。

「あら、存外、お金持ちなのね」

閑古《かんこ》鳥《どり》が鳴いているような町医者が女中の給金を前払いするとは驚きである。

「そりゃ、大先生の時からの蓄えがそこそこあるだろうよ。奥様は倅《せがれ》が藪だろうが、何《な》んだろうが、とにかく医業を継いでいるのが嬉《うれ》しいのさ」

芳蔵は訳知り顔で言った。

「伯父さんが藪と言ったら先生が可哀想だよ」

おふくはぴしりと窘《たしな》めた。芳蔵はちろりと赤い舌を出して、こいつは口が滑った、おふく、このことは内緒、内緒とごまかした。

短期の奉公人の依頼があると、おふくはいつも駆り出される。そういう役回りだと了簡《りょうけん》していても、相手先の家の様子がわからない内は不安だった。玄桂の母親は足が不自由になり、さぞいらいらした日々を過ごしているだろう。癇《かん》を立てて、皮肉なもの言いをされるのかと思えば憂鬱《ゆううつ》になる。しかし、他に適当な人もいないので、おふくは渋々、その仕事を引き受けなければならなかった。

翌日、おふくは身の周りの物を入れた風呂《ふろ》敷包《しきづつ》みを持って岸田玄桂の家を訪れた。勝手口から訪《おとな》いを告げると、はいはい、と気軽な返答があり、玄桂が現れた。

「あれ、きまり屋のお嬢さんが自らお越しですか。これは、これは」

と、驚いた表情になった。おふくのことは覚えていたらしい。存外、もの覚えがいいようだ。

「まだ出代《でがわ》り（更新）の月じゃありませんので、女中さんのなり手がなくて、代わりにあたしが参りました。よろしくお願い致します」

　奉公人は一年契約なら三月五日が出代りの日と決められている。引き続き奉公するか、よそへ移るかは、その日が来てから決められる。近頃はよそへ鞍替《くらが》えする者が増え、なかなか奉公人も腰が落ち着かなかった。

「恐縮です。母の足が治るまで、こちらこそよろしくお願いします」

　玄桂は畏《かしこ》まって頭を下げた。奉公人に頭を下げる雇い主におふくは初めて会った気がした。

「ささ、とり敢《あ》えず、母に会っていただきましょう。この何日か、わたしが煮売り屋のお菜《さい》でめしの仕度を調えておりましたので、本日は、そうですな、白身の刺身に温かい煮物でも拵《こしら》えていただければありがたいのですが」

　玄桂はそう続ける。

「おやすいご用ですよ」

　おふくは笑顔で応《こた》えた。母親を気遣う玄桂が微笑ましかった。色白で総髪にした髪は真っ黒である。妙に額の狭い男だった。この人、こんな顔をしていたのかとおふくは訝《いぶか》った。薬籠《やくろう》を携えて往診に行く玄桂を何度か見掛けたことはあるが、間近に見ると以前の印象と少し違っているような気がした。もっとも、おふくは人の顔をまじまじと見ないので、ちらりと見ただけで、この人はこんな顔と勝手に解釈していたふしもあったが。

玉江は庭に面している茶の間にいた。投げ出している右の足首には繃帯《ほうたい》が巻かれ、見るからに痛々しかった。

「おっ母《か》さん、きまり屋さんから女中さんが来てくれましたよ。ただの女中じゃありませんよ。きまり屋さんのお嬢さんですよ。名前は……」

そこまで言って玄桂は言葉に窮した。おふくはまだ名乗りを上げていなかった。

「申し遅れました。あたしはふくと申します。至りませんが一所懸命につとめさせていただきます。どうぞよろしく」

おふくは三つ指を突いて頭を下げた。

「こちらこそ、よろしく頼みますよ。洗濯物も溜《た》まっておりますし、掃除も満足にしておりません。眼についたところからなさって下さいな」

玉江はさっそく仕事を命じた。丸顔の色白の女だった。見た目は優し気だ。玄桂は母親に似たのだろう。

「はい、承知致しました。でも、奥様、ご災難でしたねえ」

おふくは玉江の気を惹《ひ》くようにねぎらいの言葉を掛けた。石に躓《つまず》いて、ちょっと転んだだけなのに、痛みで立ち上がれなかったという。骨が折れていなかったのが幸いだったと薄く笑う。通り掛かった人が親切にも戸板を用意して家まで運んでくれたそうだ。

「でも、玄桂さんは手当ができずに骨接ぎのお医者さんを呼んだのですよ」

玉江は恨めし気な表情になって続けた。

「先生は本道《ほんどう》（内科）のお医者様ですもの、それは仕方ありませんよ」

おふくは玄桂を庇《かば》うように応えた。

「骨接ぎのお医者さんが膏薬《こうやく》を貼った後に繃帯を巻く手順を丁寧に教えてくれたのに、この人ったら、呆《あき》れるほど不器用で、これでは外科の医者にならなくて本当によかったと思いました」

玄桂は、本当は外科の医者になりたかったようだ。外科は切ったり縫ったりの手術が真骨頂だ。

素人目にも玄桂が外科医にふさわしいとは思えない。本道医でよかったのだ。

「では、仕事を始めさせていただきます。奥様、後で身体を拭《ふ》いて差し上げますね」

おふくは気を利かせて言う。玉江はその拍子に、あら、嬉《うれ》しい、と応えた。口うるさいらしいが、人柄はそう悪くはないようだ。

おふくは前垂れを着けると、台所へ向かった。流しには朝めしの食器が水を張った洗い桶《おけ》に浸けられたままになっていた。土間に置かれた洗濯盥《だらい》には汚れ物も山になっている。玉江は両手が使えるものの、やはり立ったり、しゃがんだりは無理だったらしい。それにしても、幾ら閑古鳥が鳴いている医者だからと言って、女中の一人ぐらい置けないものだろうかと、おふくは思った。手早く食器を洗い、それから洗濯盥を勝手口の外にある井戸の傍に運んで釣瓶《つるべ》を落とし、水を汲《く》んだ。井戸の傍には灰汁水《あくみず》を入れた常滑焼《とこなめやき》の瓶《かめ》が置いてあった。洗濯板に襦袢《じゅばん》を載せ、灰汁水をつけてごしごし擦《こす》る。水はまだ冷たい。灰汁水は、汚れは落ちるが手が荒れる。冬の季節、女はあかぎれに悩まされる。しかし、生きて行くためには仕方がない。ここはじっと我慢だ。早く洗濯を済ませて買い物に行かなければならない。

玄桂は白身の刺身と煮物を拵えてくれと言った。自分も相伴にあずかれそうだ。そう思うと、おふくは途端に元気が出て、鼻唄《はなうた》交じりに洗濯を続けた。

二

閑古鳥が鳴いている医者の家でも、全く病人がない訳ではない。親に言いつけられて薬を取りに来る子供や、着流しの恰好《かっこう》でふらりと訪れる年配の男もいた。

玄桂はやって来る者へ嬉しそうに言葉を掛ける。薬を取りに来た七歳ぐらいの女の子には、どうだ、お父《と》っつぁんはまだ莨《たばこ》を喫《す》っているのかと訊いていた。

「うん、まだ喫っている。だけど、お酒は飲んでいないよ。莨ぐらい喫わないと間が持てないんだって」

利かん気な顔をした女の子は父親の言葉を玄桂に伝える。母親の着物を縫い直したような地味な恰好だった。だが、存外似合っている。女の子の父親は胃ノ腑《いのふ》を患っているという。あまり食も進まないらしい。酒を飲まないのは養生のためと言うより、身体が受けつけなくなっているからだろう。玄桂はその父親のために胃薬と身体を温める薬を与えていた。腕のよい指物師《さしものし》だったその父親は長年、胃痛に悩まされていたが、三年前に突然、血を吐いて倒れたそうだ。あちこちの医者に診て貰ったそうだが、どこの医者も匙《さじ》を投げたという。最後に近所の玄桂の所にやって来たのだ。玄桂は他の医者のように突き放すことはせず、親身に面倒を見ていた。それは医業が繁昌していないからできるのだろうと、おふくは皮肉な気持ちで思っていた。

玄桂は女の子が帰る時、玄関の式台まで見送り、具合が悪くなったら、いつでもわたしを呼ぶんだよ、と念を押していた。

女の子はそんな玄桂をまじまじと見つめ、うちのお父っつぁん、治らないんだろ？　もうすぐ、お陀仏《だぶつ》になるんだろ？　と訊く。

玄桂は女の子の頭に手を置き、そんなことは考えちゃいけないよ、とさり気なく窘めた。

女の子は自分に似ていると、ふいにおふくは思った。母親が亡くなった時のことが思い出された。あの時の自分もこんな表情をして周りの大人に母親のことを訊《たず》ねたような気がする。

玄桂の家でひと廻《まわ》り（一週間）ほど過ごすと、おふくもようやく仕事に慣れて来た。

玉江の部屋に顔を出すと、決まって何か言いつけられた。やれ、障子の桟にごみが溜まっているから雑巾《ぞうきん》で拭いてくれだの、庭に植えてあるあじさいの枝が拡がり過ぎて目障りだから荒縄で縛ってくれだの、押入れの行李《こうり》にしまってある春着を出して衣紋竹《えもんだけ》に吊《つ》るしてくれだの、洗濯物には火のしを当ててくれだのと。

精が切れる。これでは女中が居着かないのも無理はないと思う。当節の女中は決められたことしかやらない者が多い。食事の仕度、掃除、洗濯をすれば十分だと考えている。後は煎餅《せんべい》なんぞを齧《かじ》りながら黄表紙《きびょうし》を眺めて時間を潰《つぶ》すのだ。よその女中より少しでも仕事が多いと、途端に不満を覚えて鞍替えすることを考える。昔は同じ家に何年も奉公するのが当たり前だった。なまじ口入れ屋があるために、ひとつ所で辛抱しなくても、よそへ行けばいいと考えるのだろうか。だとしたら口入れ屋も罪な商売だと、おふくはつくづく思う。玉江は主《あるじ》の言うことなら何んでもはい、はいと聞くのが女中だと思っている。おふくは下手に逆らわないが、その内に玄桂の仕事を手伝うことまで命じられた。そこまでするとは聞いていないと文句を言いたかったが、玉江が当然のような表情をしていたので、喉許《のどもと》まで出ていた言葉を呑み込んだ。

玉江が着ていた白い十徳《じっとく》（上っ張り）を羽織り、手当場に行って、玄桂が診察する様子を傍で見ていると、自分が医者の助手になったような気がしてくる。それは存外気分がよかった。また、治療の様子も新鮮に思えた。

お医者さんの奥さんというのもいいなと、ぼんやり思ったりする。それは玄桂でなく、別の医者のことだ。玄桂は小太りの上に汗っかきだ。玄桂に言われて棚に置いてあった軟膏を取り上げて渡す時、つかの間、玄桂の手に触れることがあった。手まで湿っていて気色悪かった。玄桂は、おふくが気を惹かれるような男ではなかった。

氷見《ひみ》仁川《じんせん》という五十がらみの男は身体の調子がよい時、干物などをぶら下げて玄桂を訪れる。治療は脈を執り、簡単な問診をする程度で、あとは碁を打ちながら世間話に興じる。

仁川は労咳《ろうがい》を患っているという。やはり、他の医者から匙を投げられた口だった。元は大名屋敷に抱えられていた儒者だったそうだ。

病が発覚して、治る見込みがないとわかると、勤めを辞め、自宅で養生していた。仕えていた藩主から、それ相応の見舞金を頂戴《ちょうだい》し、生計の不安はないと言うものの、何も仕事をしない一日は長い。散歩に出かけたりもするが、少し疲れると熱が出た。玄桂は、ほどほどにするように、と助言していた。

治る見込みがないとわかっていても病人は医者を頼りたがる。そこに一縷《いちる》の望みを懸けているのだろうか。それとも気休めだろうか。

本当のところは、重篤な病を抱えた人間でなければわからないと、おふくは思う。

従弟《いとこ》の彦蔵が真っ赤な顔をして現れたのはおふくが玄桂の家に住み込んで十日ほど経った頃だった。彦蔵は芳蔵とおとみの次男で、きまり屋の仕事を手伝っていた。

「どうしたの、彦ちゃん」

おふくは驚いて訊いた。

「風邪を引いて声が出ねェ」

彦蔵は掠《かす》れた声でようやく応えた。慌てて手当場につれて行き、先生、うちの従弟を見てやって下さい、と早口に言った。

「おやおやおや……」

玄桂は彦蔵を見て大袈裟《おおげさ》な声を上げた。

病人用の蒲団《ふとん》に寝かせ、玄桂は脈を執ったり、喉の奥を覗《のぞ》いたり、腹を出させて両手で押したりした。

「下痢はしていませんか」

玄桂は穏やかな声で訊いた。

「ものを喰《く》えば腹が痛くなってピーピーですよ。それより喉が痛くて声を出すのが容易じゃねェです」

彦蔵は辛《つら》そうに応える。

「ふむ。悪い風邪に罹《かか》りましたな。腹にまで来ている。喉の奥も腫《は》れております。よくうがいをして、薬を飲み、安静になさって下さい。無理は禁物ですぞ。風邪は万病の元ですから侮《あなど》ってはなりませぬ。誰か使いを寄こして下されば、こちらから出かけましたのに」

「姉ちゃんもいねェし、誰も先生を呼びに行く者はいなかったんですよ」

彦蔵は恨めし気な表情で言う。

「ごめんね、辛い思いをさせて」

おふくは彦蔵が不憫《ふびん》で、涙目になった。

「まるで本当の弟のようですな」

玄桂はおふくの表情を見て微笑ましそうに言った。

「ええ。小さい頃から一緒に育ったので、弟と同様ですよ」

「いい姉さんだ」

玄桂は笑顔でそう言うと、葛根湯《かっこんとう》と延命散《えんめいさん》を用意した。弟子がいないので玄桂が自ら薬を作る。

葛根湯は風邪の薬、延命散は腹下しに効果のあるものだった。彦蔵は、ごほごほ咳《せき》をしながら薬の入った袋を持って帰って行った。やれやれと、ほっと安堵《あんど》したのもつかの間、翌日には伯母のおとみが、頭痛がするとやって来て、さらに伯父の芳蔵まで身体がぞくぞくするとやって来た。

「何んなのよ。これじゃ、きまり屋の人間が総崩れじゃないの」

おふくはぷりぷりして芳蔵に嫌味を言った。

「はやり風邪だから仕方ねェよ。ねえ、若先生」

芳蔵は玄桂に救いを求めるような眼になって言った。

「さよう。この季節は風邪にやられる人が多いものです。くれぐれもお大事に」

玄桂は久しぶりに病人が続いて嬉しそうだった。この調子では明日辺り、父親の友蔵もやって来るだろう。おふくの給金の大半は医者の掛かりで消えそうだった。

芳蔵が帰ると、おふくは十徳を脱ぎ、中食《ちゅうじき》の用意をするために台所へ向かった。玄桂はその時、晩めしには魚の煮つけと青物のお浸しを用意してくれと言い、芳蔵からせしめた薬料をおふくに渡した。

「承知致しました」

「それから、菓子屋によって何か甘い物を買って来て下さい」

「先生は甘い物がお好きなんですか」

「いえ、母が好きなんですよ」

「まあ、母親思いでいらっしゃいますね」

「そうですかね」

玄桂は照れ臭そうな顔になっていた。

「余計なことですけど、先生は奥様をお迎えにならないんですか」

「はあ……」

ため息交じりに言い、おふくの視線を避ける。

「母の気に入るような娘は、おいそれと現れませんよ」

玄桂は諦《あきら》めたような口調で続けた。

「でも、お父様が亡くなった後で、先生は長崎から江戸へお戻りになったんですよね。縁談のひとつやふたつはあったと思いますけど」

「ありましたが、母がすべて断ってしまいました」

「なぜでしょう」

「母のお眼鏡に適《かな》わなかったのでしょう」

「だって、お嫁さんを迎えるのは先生で、奥様ではありませんよ。最初は家風に合わなくても一緒に暮らして行く内に心がひとつになると思いますけどね」

「いや、母が生きている内は、わたしは妻を迎えようとは思っておりません。おふくさんも、そろそろ気がついていらっしゃるでしょう。女中一人居着かない家なんですから。おふくさんが今まで一番長く続いた人ですよ」

「それって、褒められているのかしら」

おふくは悪戯《いたずら》っぽい眼になる。

「もちろん、褒めているつもりです。おふくさんは頭がいい人だ。母の言うことには素直に従ってくれる。内心で気に喰わないと思っていたとしても、それを表に出さない。わたしとしてはこれ以上のことはありません」

「女中さんが居着かない家は珍しくありませんよ。先生、あまりお気になさらずに」

おふくは玄桂が気の毒でそう言った。なるほど、女中が居着かないのでは、妻を迎えるなどできない相談かも知れない。一人息子だから無理はないと思いながらも、玉江の情愛が玄桂の負担になっているのだと、おふくは考えてしまうのだった。

晩めしは、鰈《かれい》の煮つけと青物のお浸し、それにしじみ汁と漬物である。食事はいつも三人で摂る。味が薄いの、漬物の沢庵が硬いのと玉江は文句を言うが、それでも残さず食べてくれた。おふくが贔屓《ひいき》にしている菓子屋から買ったきんつばは大層喜んでくれたので、おふくもほっとした。

玄桂が自分の分をおふくに譲ってくれたので、なおさら気分がよかった。玄桂の家での女中奉公は、楽とは言えないが、食べ物だけは不足なく食べられるのが幸いである。

最近の玉江は足を引き摺《ず》りながらだが家の中を歩けるようになった。この調子では思っていたより早く快復しそうである。だが、長年、一人で家の中を切り回して来た玉江は、おふくがいることで安心したのか、もう帰っていいとは言わない。おふくはそろそろ、きまり屋が恋しくなっていた。

三

父親の友蔵もしばらくすると鼻水が止まらないと言って玄桂の家にやって来た。

「皆《み》んなの様子はどう？　よくなったかしら」

おふくは手当場に友蔵を促しながら訊いた。

「だいぶいいよ。彦蔵は見世の手伝いができるようになったしな」

伯父とうり二つの友蔵は笑顔で応える。玄桂は友蔵を見ると興味深い顔になった。

「いやあ、きまり屋さんの旦那《だんな》さんと番頭さんは双子と聞いておりましたが、似ているものですなあ。おふくさんは迷いませんか」

「迷いませんよ。でも、子供の頃から一緒に住んでいたので、父親が二人いるような気持ちではいますけど」

おふくも笑顔で応える。

「そうでしょうなあ。顔も身体つきもそっくりだ」

「食べ物や女の人の好みも一緒なんですよ。もちろん、ものの考え方も同じです。だから、商売のことで意見が合わないということもなかったんですよ。二人の内、どちらが欠けてもきまり屋は続かなかったでしょうね」

おふくはしみじみ言う。芳蔵と友蔵がおみきどっくりのようにくっついているからこそ、きまり屋は安泰なのだ。

「羨《うらや》ましい。わたしも双子のきょうだいがいたら、どれほど安心できたことか」

「駄目ですよ、先生。ただでさえ暇なんですから。ごきょうだいがいらしたら、口が干上がってしまいますよ」

「これ、おふく。若先生に失礼だよ」

ずけずけと言ったおふくを友蔵は窘めた。

玄桂は愉快そうに声を上げて笑い、いや、おふくさんのおっしゃる通りです、と応える。

友蔵の診察を終えると、玄桂は鼻水が止まる薬を出した。彦蔵や芳蔵よりも症状は軽かったのが幸いだった。

薬料を払って友蔵が帰る時、おふくは玄関の外まで見送った。

「あたし、まだここにいなきゃならないのかしら。少し疲れて来たのよ」

父親を前にして、つい甘えが出る。

「芳蔵が十徳を着たお前を医者の奥様みたいで、なかなか似合っていると言ったもんで、ちょいと覗きに来たんだよ」

友蔵は悪戯っぽい表情になって言う。

「呆れた。鼻水が止まらないってのはうそ？」

「うそじゃねェが、普通はこの程度じゃ医者に診て貰おうとは思わねェよ」

「代わりの人、誰か見つからない？」

「ひと月かそこいらの奉公なんて、見向きもされねェよ。その後、奥様の按配《あんばい》はどうでェ」

「だいぶよくなったよ。でも、あたしがいると楽なもんだから、もう帰っていいとはおっしゃらないのよ」

「ついでだ。若先生の奥様になったらどうでェ。そうすりゃ、おれも安心だ」

本当なのか冗談なのか友蔵はそんなことを言う。

「いやよ。先生はいい人だけど、亭主にしたいとは思わないよ」

「勇次のほうがいいか……」

そう言った友蔵に、おふくはすぐに返事ができなかった。玄桂の家で仕事をしている間、せっかく勇次のことを忘れられていたのに。

勇次は未《いま》だ行方の知れないおふくの亭主のことだった。当時の事情から渋々離縁の手続きはしたが、おふくは、別れたつもりはなかった。もう一度会って、ちゃんと話をしたいと思っている。

だが、このまま五年、六年と年月が過ぎて行けば、おふくの決心も揺らいでしまいそうだ。さっさと諦めて新しい亭主を見つけたほうが利口なのはわかっている。

だが、今のおふくには、それができなかった。

「ま、お前の気が済むまで待つしかねェな」

友蔵はそう続けると、おふくに軽く右手を挙げ、門の外に去って行った。

(勇さん、あんた、あたしがよその男の女房になっても平気?)

どこか遠くにいるはずの勇次に、おふくはその時、心の内でそっと問い掛けていた。

玉江にはおふくを引き留めている理由があったらしい。それはもちろん、玄桂の妻になってほしいからだった。最初の内こそ口うるさく用事を言いつけていたが、次第に態度が和らいで行った。おふくは、玉江の本心には、しばらく気づかなかった。

だが、ある日、玄桂が往診に出ている間、玉江は足を引き摺りながら台所にやって来て、里芋を洗っていたおふくに声を掛けた。

「今夜のお菜は何かしら」

玉江は猫撫《ねこな》で声で訊く。今日の奥様はやけに機嫌がよいと思いながら、おふくは、里芋の煮っころがしを拵えるつもりですよ、と振り返って応えた。

「お芋の煮っころがしは玄桂さんが大好きなのよ」

「まあ、そうですか。それでは張り切って拵えますね」

「あなた、失礼ですけどお幾つ？」

玉江は薄縁《うすべり》を敷いた台所の板の間に腰を下ろして訊いた。

「あたしはもう年増ですよ。年が明けて二十六になりました」

「二十六……」

そう呟《つぶや》いた後、少し間が空いたのは、おふくが存外、年を喰っていたせいだろうか。

「折り入ってあなたにお話があるのですけど」

「何んでしょうか」

おふくは束子《たわし》で里芋を洗う手を休めずに訊いた。

「あなた、玄桂さんのお嫁さんになる気はないかしら」

あまりにあっさり言ったので、おふくはすぐに返答できなかった。

「あなたは台所仕事をそつなくこなしますし、玄桂さんのお手伝いもいやがらずになさる。玄桂さんは、あなたのような方がいらっしゃれば安心してお仕事ができると思いますのよ」

玉江はとまどったおふくに構わず、嬉しそうに続けた。

「あたしは女中をするためにこちらへ伺ったので、先生の奥様になろうなどとは考えたこともありません」

「ええ、ええ。あなたのお気持ちはよくわかっております。でもね、毎日、あなたが働く姿を見ている内に、このままこの家にいてくれたら、どれほどいいだろうと考えるようになったのですよ」

「あたしはどこへもお嫁に行くつもりはありません。申し訳ありませんが、そのお話はご勘弁願います」

おふくはやんわりと断った。だが、玉江は引き下がらない。

「人生は長いのですよ。これから玄桂さんと一緒になれば、きっとよかったと思うはずです。ね、お願い。言う通りにして」

「奥様、困ります。あたしは一度所帯を持ったことがあるんですよ。亭主とうまく行かなくてきまり屋に戻ったんです。そんな女が先生の奥様にふさわしい訳がありませんよ」

言いたくないことまで言わなければ玉江は納得しそうになかった。

「あなた、出戻りなのですか」

玉江は驚いた様子で言う。出戻りという言葉がおふくの胸をちくりと刺した。そうよ、あたしは出戻りよ、何んか文句ある？　おふくは胸で叫んでいた。だいたい、おふくが頭を丸髷《まるまげ》にしているのを見れば、嫁入り前の娘じゃないことはわかりそうなものだ。

「わかりました。残念ね、せっかくの機会なのに。あなたもよくよく運のない方……」独り言のように呟いて玉江は茶の間に引き上げて行った。おふくは思わず、深い吐息を洩らした。

よくよく運のない方という玉江の言葉にも傷ついた。

だが、玉江はこれで諦めをつけたに違いない。可愛い息子に年増の出戻り女を妻にしようとは思わないはずだ。これでいいのだ。おふくは思い直したが、心はすっきりとしなかった。

そろそろ晦日《みそか》が近いので、女中奉公もあと少しだろうと心積もりしていた頃、以前に父親の薬を取りに来た女の子が血相を変えて現れ、先生、先生、お父っつぁんの具合が悪いの、早く診て下さい、と慌てて言った。玄桂は手当場に座っていたが、ぴょんと立ち上がると、脱兎《だっと》のごとく玄関へ向かった。苛立《いらだ》ったように下駄を突っ掛け、女の子と一緒に出て行った。おふくは二人を見送った後で、玄桂が薬籠を置いて行ったことに気づいた。おふくは持ち重りのする薬籠を携え、玄桂の後を追った。表通りに出ると、玄桂と女の子の姿は辛うじて見えるほど小さくなっている。それも途中で右の小路《こうじ》に消えた。女の子の家は正確には知らない。おふくは見逃すまいと必死で走った。

それほど慌てることはなかった。二人が曲がった馬喰町四丁目の小路を入ると、裏店《うらだな》の門口が見え、玄桂の後をついて行く女の子の後ろ姿を見つけた。

「待って、待って」

おふくは額に汗を滲《にじ》ませて女の子に声を張り上げた。女の子は振り返り、怪訝そうにおふくを見る。

「先生ったら、薬籠を忘れて行ったのよ」

おふくは荒い息をして言った。女の子はそこで少し笑い、先生はぼんやりだからと言った。

「本当にそうね。あたしもお邪魔していい？」

「うん。家ん中、散らかっているけど」

「病人がいるんですもの。散らかっていても仕方がないよ」

おふくはそう言いながら土間口から中へ入った。入った途端、苦しい息遣いが聞こえた。

玄桂の広い背中も見える。玄桂は女の子の父親の背中を摩《さす》っていた。

「先生、おれァ、もう駄目だ。ひと思いに殺してくんな」

父親は弱々しい声で言う。

「何を言う。意気地がないぞ。しっかりしろ」

玄桂は厳しい声で父親を励ます。

傍で女房らしいのが嗚咽《おえつ》を堪《こら》えながら玄桂と亭主の様子を見つめていた。おふくは女の子の母親に会釈をして玄桂の後ろに控えた。

「おや、おふくさんも来てくれたのですか」

玄桂は振り返って言う。薬籠をお忘れですよ、とおふくは低い声で応える。

「薬なんざ、いらねェよ。何をやっても無駄だ。おれァ、もうすぐ死ぬんだ。わかってらァ」

父親はやけのように言った。

「人は遅かれ早かれ死ぬものです。いいですか、常蔵《つねぞう》さん。あなたはまだ生きている。生きているんですよ。本当に死ぬ人は言葉なんて喋《しゃべ》られない。あなたはまだ、具合が悪いことをおかみさんやおようちゃんに伝えられる。だからわたしもこうして駆けつけられるんだ。あなたはまだ死にません。さあ、喋るのをやめて、大きく息をして」

玄桂は常蔵という名の父親の背中を摩りながら励ました。おようちゃんは女の子の名前らしい。そして常蔵は父親の名前だった。

常蔵はそうされて少しは痛みが薄れたのか、その内におとなしくなり、眼を閉じると静かに眠ってくれた。玄桂は常蔵のはみ出た腕を蒲団の中に入れた。

「これで落ち着いたようです。しかし、油断は禁物です。薬を飲ませて、痛みが出るようでしたら、背中や胸を摩ってやって下さい」

玄桂は常蔵の女房にそう言った。ありがとうございます、と女房は涙ながらに頭を下げた。おようという娘も安心したように頭を下げる。

おふくと玄桂は少しほっとする思いで常蔵の裏店を出た。

「先生、常蔵さんは長くないのでしょう？」

おふくは帰る道々、訊かずにはいられなかった。

「そうですね。お盆まで……いや、花見の頃までもつかどうか」

「でも先生は、もうすぐ命が尽きるとはおっしゃらないのね」

「当たり前です。長くないのは常蔵さんも承知しているのです。しかし、わたしは医者の立場として、もう命がないとは言えないのです。病人は医者が頼りです。希望を持たせなくてどうします。仮にわたしが、もうお仕舞いだから観念しろと告げたら、常蔵さんは、がっくりと力を落とし、明日にでも死んでしまいますよ」

「病は気からとも言いますしね」

「その通りですよ」

「でも、他のお医者さんは匙を投げたじゃないですか。それはどうしてでしょう」

「薬料を取れない病人に用はないということなのかも知れません」

「え？ それじゃ、先生は常蔵さんの家から薬料をいただいていないのですか」

おふくは驚いて玄桂の顔を見た。

「常蔵さんが働けないのですから仕方がありません。おかみさんは内職をしておりますが、それだって雀《すずめ》の涙で、家族はようやく食べているのですよ。そんな家から薬料は取れませんよ」

玄桂は当然のような顔で言う。働いたことに対して手間賃を取るのがこの世の常識である。玄桂は只《ただ》で常蔵の治療を引き受けているのだ。医者は、職人とは違うと言っても、どこか納得できないものをおふくは感じる。

「奥様は常蔵さんのことには何もおっしゃらないのですか」

「ええ。仕方がないと思っているようです」

「大したものでございますね。あたしらとは心持ちが違いますよ」

おふくはため息の交じった声で言った。

「わたしは貧乏暇ありの医者ですよ」

玄桂はおどけた口調でそう言うのだった。

四

氷見仁川の容態が急変したのは、常蔵の所を訪れた翌日の午後のことだった。氷見家の女中が玄桂を呼びに来ると、玄桂の顔色が変わり、薬籠を携えて慌てて出かけた。表向きは常蔵よりよほど容態がいいように感じていたので、それにはおふくも大層驚いたものだ。

玉江も大事がなければよいのですが、と心配そうにおふくに言っていた。

訪れる病人もいないことだし、おふくはその後、晩めしの買い物に出た。しかし、買い物を済ませて帰って来ても玄桂の姿はなかった。晩めしの用意を調えても依然として玄桂は戻らなかった。悪い予感もする。

玉江が心配するので、おふくは様子を見に氷見家に向かった。

亀井町《かめいちょう》の神田堀《かんだぼり》近くの瀟洒《しょうしゃ》な家が仁川の住まいだった。長屋門は閉じられていたので、おふくは脇の通用口の戸を叩いた。ほどなく下男らしいのが戸を開けた。

「岸田玄桂先生の家の者ですが、先生はまだこちらにおいででしょうか」

おそるおそる訊くと、四十がらみの下男は赤い眼になって、へい、いらっしゃいやす、と応える。

「お取り次ぎを願えますか」

そう言うと、下男は困ったような顔になり、

「今、ちょいと手が離せませんので、おたくさんが直《じか》に先生に声を掛けて下さいやし」と応える。

「お邪魔してもよろしいのですか」

「へ、へい。嫁に行った娘さん達も集まっておりやすので、先生も帰るに帰れないんですよ」

思った以上に事態は切迫しているらしい。

おふくは下男に促されて、仁川が寝かされている書物部屋に向かった。障子を開けた途端、仁川の家族が一斉におふくを見た。

「あたしは玄桂先生の家の女中でございます。お帰りが遅いので様子を見に参りました」

気後れした表情でおふくは言った。

「ああ、おふくさん」

玄桂は振り返ってそう言ったが、あとは何も言わない。すぐに前を向いて仁川の手を握っている。仁川は眼を閉じ、すでに昏睡《こんすい》状態だった。娘達や妻が時々声を掛けても何も応えない。

おふくは先に帰るとも言えず、障子の傍に遠慮がちに腰を下ろし、仁川の様子を窺《うかが》った。

仁川は常蔵とは違い、穏やかな息遣いである。痛いも苦しいも、何も感じていないようだ。だが、しばらくすると、かっと眼を開き、「あっ」と声を上げた。周りの者はぐっと前のめりになって仁川を見る。だが、仁川はそのまま首をがくりと落とした。

玄桂はしばらく仁川の手を握ったままだったが、やがて「ご臨終です」と静かな声で言った。

娘達が悲鳴のような声を上げて泣く。

玄桂は仁川の手をようやく離した。それから左腕を眼に押し当てた。

おふくは医者が泣いている姿を初めて見たと思った。病人の死に、いちいち涙を見せていては身がもたないだろうと思いながら。

玄桂の広い背中が小刻みに揺れていた。おふくはその背中を見ながら、氷見仁川は最期に、この上もない名医に出会ったと思った。そうだ、玄桂は、紛れもなく医は仁術を実践する名医であった。

玄桂はそのまま氷見家に留《とど》まった。仮通夜、通夜、菩《ぼ》提寺《だいじ》での葬儀にもつき合い、ようやく戻って来たのは初七日の法要の前だった。

戻って来た玄桂は丼めしを三杯平らげ、泥のように眠った。おふくは玄桂の寝顔を見ながら、妻になってもいいかなという気持ちに傾いていた。それだけ玄桂の人柄に打たれてもいたのだ。

だが、一月の晦日になると、玉江は足がよくなったので、もうきまり屋に帰っていいと言った。

「そうですか……」

名残惜しい気持ちでおふくは応える。

それどころか、仁川の親戚《しんせき》に年頃の娘がいるので、もしかして縁談が纏《まと》まりそうな気がするとまで言う。今さらあたしが、とは言えなかった。

玄桂の手当場へ行き、本日で奉公を終えることになりました、と告げると、玄桂は笑顔で「ご苦労様でした。いや、助かりました。本当はもう少し、この家にいてほしいのですが」と嬉しい言葉を掛けてくれた。

「あたしもそう思っておりました」

おふくも精一杯の気持ちを込めた。だが、玄桂はそれをお愛想と受け取ったようだ。

「これからも元気で働いて下さい。具合が悪い時は遠慮せずにどうぞお越し下さい」

相変わらず笑顔で言う。おふくの気持ちは伝わらなかった。開けっ放しの門を出て、おふくはふと振り返った。岸田家の女中としてひと月近くを暮らした日々が愛《いと》おしかった。

胸にぽっととともった恋の灯《ひ》は呆気《あっけ》なく消えた。勇次なんて何さ。突然、おふくは思った。

玄桂は病人とはいえ、赤の他人にあれほど情けを掛けることができるのだ。あんたは女房を置き去りにして平気なのか。鬼、恩知らず、男の屑《くず》。思いつく悪態を次々と並べながらおふくはきまり屋に向かって歩く。

その夜はやけ喰いしそうだった。こうなったら何んでも食べてやる。鰻《うなぎ》、せいろ蕎麦《そば》、しっぽく（五目）料理、鯛《たい》の刺身、豆大福、きんつば、煎餅、お汁粉……次々と好物ばかりをおふくは頭に浮かべた。

きまり屋に戻ると、伯母のおとみは、ご苦労様とねぎらってくれ、その日の晩めしには焼き魚がついたが、おふくが望んでいたようなご馳走《ちそう》とはならなかった。

「若先生の所の女中奉公はどうだったかえ」

晩めしの後片づけをして、芳蔵と友蔵が外に一杯飲みに出かけ、彦蔵も友達の家へ遊びに行ってしまうと、内所《ないしょ》（経営者の居室）にはおふくとおとみの二人だけになった。

おとみは茶を淹《い》れながら玄桂の家の様子をあれこれと訊いた。久しぶりに女同士で話ができるので、おとみは嬉しそうだ。

「まあまあね。先生はごはんのお菜をけちる人じゃないから、食べ物には苦労しなかったよ」

「そうかえ。でも、あそこの奥様は口うるさい人だと聞いていたけど、そうなのかえ」

「そうね。医者の奥様をしていたから、細かいことが気になるのよ。最初は精が切れたけど、その内に慣れたよ」

「若先生はいつまで独りでいるつもりだろうか」

おとみは玄桂を心配する。世間の人間は、独り者は早く身を固めてほしいと思うものだ。それが普通の人の道と信じているところがある。別に直接、自分達の暮らしに関係がなくとも、祝言が決まると、よかった、よかったと喜ぶ。きっとおふくのことも世間の人は早く後添えの口を見つければいいのにと思っているはずだ。時々、おふくはそんな世間というものに反発を感じる。人の人生は様々だ。世間の人を安心させるために生きている訳ではないと。

「先生は奥様がいらっしゃる内はお嫁さんを迎えるつもりはないとおっしゃっていたよ」

おふくはあっさりと応えた。

「そうかえ。まあね、あの奥様じゃ、並の娘はつとまらないとは思うけど」

「でもね、あたし、奥様から先生のお嫁さんになる気はないかと言われたのよ」

「え？　本当かえ。お前、奥様に気に入られたんだ」

おとみの表情が輝いた。

「だけど、年が二十六で出戻りだと話したら、すぐに諦めたみたい」

「あらあ……」

おとみは心底残念そうだった。

「あたしも一時はその気になったけど、肝腎《かんじん》の先生は病人の面倒を見ることに夢中で、お嫁さんのことなんて眼中になかったのよ」

「お前、年だとか出戻りだとか、余計な話をすることはなかったのに」

「そんなことを言ったって、いずれわかることじゃない。先生もいい年だけど、奥様にすれば、普通の娘さんをお嫁さんにしたいはずよ」

「だけど、若先生も四十が近い。誰が年を喰ったはやらない医者の許へ嫁ぐ気になるって言うのさ」

「それは伯母さんの理屈で、奥様は、ちっともそう思っていないよ」

「氷見先生が亡くなって、薬料を取れる病人も一人減ったことだろうね」

おとみは岸田家の内証を案じる。

「そうね。常蔵さんという指物師をしていた人も先生のお世話になっているけど、先生は常蔵さんから薬料はいただいていないのよ」

「そうなのかえ。他の医者が匙を投げた病人を引き受けるなんて、若先生もよほど人のよい医者だよ」

「世の中、捨てたもんじゃないよ。氷見先生だって安心してあちらに逝《い》ったと思うよ」

「そうかねえ。あたしは気休めに若先生に診て貰っていたように思っていたけど」

「気休めでも何んでも、先生はありがたいお医者さんなのよ」

おふくは精一杯、玄桂の肩を持った。

「おふく、惜しいことをしたね。うまく行けば医者の奥様になれたのに」

「駄目よ、あたしなんて」

おふくはわざと明るい声で言う。本当は玄桂が勇次以外で初めて心を惹かれた相手だった。汗っかきでも構わなかったのに。

「ところでね、権蔵親分が、ちょいと気になることを言っていたんだよ」

おとみは話題を変えるように言った。権蔵親分とは公《く》事《じ》宿《やど》「三笠屋」を営む傍ら、町内の御用聞き（岡っ引き）をしている男である。

芳蔵と友蔵とは古くからの友人でもあった。

「なあに？」

おふくは煎餅をぱりりと齧って訊く。

「勇次らしい男を両国広小路で見掛けたって」

途端、おふくの手が止まり、おとみをまじまじと見つめた。

「どうもどこかの下働きでもしているようなんだよ。親分は遠くからちらりと見ただけだから、もしかして人違いかも知れないって言っていたけどさ」

おとみは、とまどった様子のおふくに構わず続ける。

「江戸にいたんだ……」

おふくの声にため息が交じる。

「わかんない男だよ、全く。そんな男に惚《ほ》れちまったお前も因果な女だけどさ」

「伯母さん。今だから訊くけど、勇さんはどうしてお金が必要だったの？　面倒を見なけりゃならない親きょうだいはいなかったし、博打《ばくち》をしていた様子もなかったのよ」

「陰に女でもいたのかねえ。うちの人もお前のお父っつぁんも、はっきりとは言っていなかったけどね」

「勇さんの育ての親がお金に困っていたとかは考えられない？」

おふくは以前に米沢町の按摩が話していたことを思い出して言った。

「どうだろうねえ。育ての親ってのはやくざ者みたいで、寄せ場送りになったと聞いたことがあるよ。その後、どうなったかは知らないけどさ」

おとみの話におふくは驚いた。

「そんな話、あたし、聞いていないよ」

おふくは興奮した声を上げた。

「わざわざ言うことでもないだろう。済んだことなんだし」

「済んでいないよ。それが原因で勇さん、雲隠れしたかも知れないじゃない。誰にも訳を告げずに、一人で悩みを抱え込んでいたのよ」

おふくに込み上げるものがあった。おとみはそんなおふくを憐《あわ》れむような眼で見つめ、そうかも知れないね、と低い声で応えた。

「勇次がここへ現れたら、お前、縒《よ》りを戻すのかえ」

おとみは確かめるように訊く。

「わからない。縒りを戻しても前と同じ暮らしが続くのならごめんだよ」

「でも、お前はまだ諦め切れないのだろ？」

「伯母さん、もう潮時だよね。いつまでも勇さんを待っていたって始まらないから」

「そうだよ。頼りにならない元亭主を待つより、新しい亭主を見つけたほうが身のためだ。人生は長いんだからね」

おとみの言葉が胸に滲《し》みる。そうだ。もう、勇次のことは諦めよう。おふくはその夜、ようやく決心を固めたのだった。以前のおふくなら、矢も盾もたまらず両国広小路へ出かけ、勇次を捜しただろう。だが、当の勇次にその気がないのなら、自分はただの未練な女に過ぎない。さんざん、父親や伯父夫婦に迷惑を掛けておいて、またぞろ昔の暮らしを繰り返したくなかった。

だが、諦めると決心すると、ふいに涙が湧いた。悲しくてやり切れなかった。乗り越えるのだ。おふくは唇を嚙《か》み締めて自分を励ます。乗り越えれば、きっとその先にいいことが待っていそうな気がした。

その後、おふくは往診に出かける玄桂の姿を時々、見掛けた。氷見仁川の親戚に妻にふさわしい娘がいると玉江は言っていたが、祝言をするという話はさっぱり聞こえて来ない。

やはり、玉江のお眼鏡に適わなかったのだろうか。もしも、玄桂から、おふくさん、一緒になってくれと打ち明けられたら、おふくは二つ返事で応えようと思っている。

だが、馬喰町の名医はおふくの気持ちも知らず、顔が合えば、やあ、おふくさん、よいお天気ですね、と屈託のない笑顔を見せるばかりだった。

（角川文庫『口入れ屋おふく　昨日みた夢』に収録）

蜻《かげ》火《ろひ》

藤原緋沙子

藤原緋沙子（ふじわら・ひさこ）

高知県生まれ。２００２年、『雁の宿』で小説家デビュー。文庫書き下ろし時代小説のブームをけん引し、13年「隅田川御用帳」シリーズで、歴史時代作家クラブ賞シリーズ賞を受賞。他に『龍の袖』『ほたる茶屋　千成屋お吟』『へんろ宿』などがある。おもなシリーズに、「橋廻り同心・平七郎控」「渡り用人　片桐弦一郎控」「秘め事おたつ」など。

一

「千鶴《ちづる》先生、ありがとうございました。いや、まことにまことに、命拾いをいたしました」

岩井町で酒店を経営する三崎屋の伊兵衛は、迎えにきた番頭の手を借りて町駕籠に腰を据えると、ねんごろに頭を下げた。

伊兵衛の膝は白い包帯で巻かれている。

「命拾いだなんて……腫瘍といっても、なんども申しましたが悪性のものではありません。養生なされば日を追って良くなります」

桂《かつら》千鶴は、駕籠の中で白い顔をして座っている伊兵衛に、にこやかな笑みを見せた。

伊兵衛の目線まで腰を落として応じる千鶴の黒髪や白い襟足には、柔らかな陽光が光っている。

伊兵衛はたった今、足に医術を施して貰ったばかり、さすがに疲れた様子なのだがまだ男盛りの四十前、千鶴に明るい顔で見送られると相好を崩すのであった。

それもその筈、千鶴の濡れたような黒い瞳に見詰められると、ぞくっとするような熟れた女の色香がみえる。

当の千鶴はそんなことには頓着なく、もっぱら自分を頼ってくれる患者の治療に懸命で、医学館の教授方であった父桂東湖《とうこ》の遺志を継いで、江戸府内でも珍しい女医となって三年が経つ。

「では、改めてお礼に参ります」

伊兵衛は礼を述べると、駕籠の人となった。

駕籠は千鶴の治療院を出るとすぐに右手に折れて、藍染《あいぞめ》橋を渡ると町並みに消えて行った。

千鶴が立っている治療院前の通りは藍染川沿いである。

この治療院はその昔、幕府の医師若原道有《わかはらみちあり》の屋敷があった場所で、千鶴の父は医学館の教授となったその年に、この藍染川沿いの道有屋敷跡の一画に二百坪ばかりを買い求め、住居兼治療院を建てた。

母は遠い昔に亡くなっていて、この家に移ってきたのは父と千鶴だけだったが、当時は医学生が出入りしていて賑やかだった。

父が亡くなった後は千鶴が主《あるじ》となって、往時を思えばひっそりとした暮らしだが、弟子のお道と、昔から女中として住み込んでいるお竹もいて、治療に来る患者の出入りも年々歳々に増えていて、これはこれで賑やかな暮らしだと思っている。

なにより、裏庭に広がる薬園は医者にとっては貴重なもので、この家で自分も一生市井《しせい》の医者として尽くしたいと千鶴は考えているのであった。

そういった住家《すみか》や町に対する愛着は、千鶴が往診のときに着用する袴にも表れていて、西陣で織った平織の生地をわざわざ近くの紺屋で染め上げて愛用しているのであった。

だから人は、千鶴のことを藍染先生とも呼び、千鶴先生とも呼ぶのであった。

伊兵衛の駕籠が渡って行った藍染橋は、家の前の小路から左手向こうに見えていて、橋の袂にある一本の柳の枝が靡《なび》くのまでよく見える。

千鶴は、藍染橋から目を戻すと、ふっと笑みを漏らして踵を返した。

恰幅のいい伊兵衛が、膿を出すために膝を切開した時にみせた、悲鳴を上げたあの顔を思い出したのであった。

瓦屋根の引戸門を入ろうとして、千鶴はかけてある『桂治療院』の看板に目を留めた。

看板は長年の風雪に耐え、黒ずんでいた。

「お父様……」

千鶴は看板を見る度に父を思う。しかし感傷にふけるのも束の間、すぐに玄関に向かう石畳を踏んだ。

まだ患者が一人、治療室に残っていたのを思い出した。

玄関をあがって待ち合いの部屋を過ぎ、治療室に入ると、千鶴を待っていたかのように、腹這いになったおとみが千鶴を呼んだ。

「先生、千鶴先生」

おとみは千鶴の弟子のお道に温湿布をして貰っていた。

熱い湯に浸した厚手の布を油紙で包み、腰を暖めているのである。

「なんだかぽかぽかしてきましたよ。先生に塗って頂いた軟膏がよろしいのか、ずいぶんと痛みがとれました」

「それは良かったこと……」

千鶴は相槌を打ち、隣室の調合室に行こうとするが、

「先生、それはそうと三崎屋さんは、案外弱虫なんですね。あの大きな悲鳴、笑っ

てしまいましたよ」

　おとみは、くすくす笑って言った。

「おとみさん」

　千鶴がたしなめると、

「だってさ、先日あたしが三崎屋さんにお節句の白酒を買いに参りました時にね、まあ店は押すな押すなの大繁盛で、旦那風吹かせて恵比寿顔だったんですよ。それがまあ、ぎゃーとか、ああーとか、みっともない大声出して」

　おとみは今度は歯茎まで見せて笑い、

「噂じゃあ、相当のけちんぼだっていうから、儲けてばかりいて、どこにも施ししないらしいですからね、罰があたったのかもしれませんよ」

「おとみさん、口が過ぎますよ」

　千鶴はおとみの側に座った。

「それにしても勿体ないねえ、その器量でまだ独り身なんだから……世の中の殿方の目は節穴ですかね。なんだったら、あたしが仲人してさしあげてもいいですよ、先生」

「冗談はおっしゃらないで下さい。わたくしはまだまだ、やらなくてはならない仕事があるのですよ」

千鶴は立って、障子を開けた。

柔らかい陽射しが縁側から入って来た。

同時に甘い香りが鼻腔をくすぐる。庭にある一本の桃の木が今満開を迎えているのだ。

つい先日まで梅の花を楽しんでいたのだが、桃の花が終われば次には桜の花が咲く。庭には花や紅葉を楽しむ木々が植っているが、その先にある畑は薬園となっている。

「きれいだねえ……ごくらく、ごくらく……」

おとみは桃の花を見ながら笑ってみせて、

「本当にあたしはね、近頃思うんですよ。嫁は気に入りませんがね、可愛い孫にも恵まれて、苦労した甲斐があったとね……もっとも、働き詰めに働いてきましたからね」

「おとみさんは、どんな仕事をなさっていたんですか」

側で聞いていたお道が、おとみの腰から湿布を取り上げ、はい、いいですよと腰をぽんと叩きながら、おとみに聞いた。

「あたし？……取り上げ婆やってたんですよ」

「まあ……それじゃあ、息子さんが所帯を持ったところで、ご隠居さん？」

「いえいえ」

おとみは起き上がって、乱れた着物を整えながら、

「恐ろしいことがありましてね。それで嫌になったんです」

「恐ろしいこと？」

千鶴が聞いた。

「先生、聞いて下さいますか。去年のことでしたよ。あたしはある大店《おおだな》から使いを貰いましてね。根岸の別荘に参りました。ところがそこにはお武家のご妻女が待っていたんですよ」

おとみは、二人の顔を交互に見て、ここだけの話だと言い、声を潜めた。

おとみの話によれば、待っていた妻女は懐妊していて、お産のためではなく、子堕ろしのためにおとみを呼んだのだと言い、手を合わせて懇願した。

不貞の子だということは、すぐに察しがついた。

どこの何様の妻女なのか、名も名乗らない相手に、おとみは首を横に振った。

もしも手順がうまくいかず、妻女の命を落とせばこっちの命が危ないのである。

そんな話には乗れないと思ったのだ。

確かにおとみは、それまでにも子を取り上げるだけではなくて、どうしても子を産めない家の事情がある女の腹の子を、気は進まないが堕ろしてきた。

しかしそれは中条流の看板を上げている、通称女医者と呼ばれる子堕ろしの医者を頼めない貧しい人たちの話であって、夫婦はむろんのこと家族も納得の上での子堕ろしであった。

第一おとみは、中条流の医者ではない。世間の裏道を行く子堕ろしの婆さんでもない。

中条流の子堕ろしの手順は、万が一のために見よう見まねで取得したものである。

おとみはその時そう言って断ったのだが、万が一の事があってもおとみに責任は問わないと泣きつかれ、断られたら自害するしかないなどと言うものだから、しぶしぶ子堕ろしを引き受けたのであった。

妻女の口に子堕ろしの薬をまず飲ませ、腹が痛んできたところで、ほおずきの根を使って二日がかりでやっと腹の子を堕ろしたのである。

だが、子を取り出した時、渋紙に包んだ子がぴくっと動いたような気がして、肝を潰したのであった。

「まだ懐妊して三《み》月四《よ》月ばかりの子でしたから、生きている筈はないのですが、胎児とはいえ命を断ったといううしろめたさでいっぱいになりましてね。取り上げ婆をやっていると、いつまたこのような罪深い話に手を貸す羽目になるかもしれないと……それでね、きっぱり止めました。まあ、そういうことです。先生だってそうでございましょうが、命の生まれるのを手助けしたり、命を救うのならば功《く》徳《どく》もあろうというものですが、ああいうのはいやですからね」

　おとみは、しんみりと言った。

「そう……おとみさんも、大変な思いをしたことがあるのですね」

「はい……千鶴先生のように立派な先生には無縁の話でございますがね。でも先生は女だてらにお偉いですよ。そんじょそこらのお医者様も先生には勝てない程の腕をお持ちですからね」

「おとみさん、褒めすぎですよ」

「いえいえ、皆さん、そうおっしゃってますよ。藍染屋敷の先生は違うって……どうぞ、私もずっとお見捨てにならないで下さいまし。約束ですよ、千鶴先生」

　おとみはそう言うと、千鶴が調合してやった腰痛の薬を持って、軽い足取りで帰って行った。

南町奉行所同心定中《じょうなか》役の浦島亀之《うらしまかめの》助《すけ》が、手下の岡っ引、猫目の甚八《じんぱち》を伴って千鶴を訪ねてきたのは、おとみ婆さんが帰ってまもなくのことだった。

定中役というのは、他のお役目に手が足りない時に、臨時に補佐するお役目で、通常のお役目の人員からは当てにされていない、閑職の同心である。従って気楽なことこの上ないお役目だが、亀之助は同心としての気概は捨ててはいない。

今のお役目から脱出するために、亀之助はなにかにつけて、同心仲間に相談するより先に、千鶴の所にまずやって来る。

ばりばり仕事をしている同心からみれば、蚊帳の外の人間だと見なされていて、その憂《う》さ晴らしにせっせと千鶴のところに通う哀れな奴だと思われている。

やれ、「あれでは女房に逃げられるのも無理はない」とか、「高嶺《たかね》の花に横恋慕して、身の程知らずめ」などと悪評散々なのである。

しかし当の亀之助は一向にそれらの噂を意に介せず、千鶴先生はあの高名な桂東湖先生の娘さんで、本道だけでなく外科も習得していて、両町奉行所の犯人探索や被害者などの死亡原因の相談にのることもあり、また小《こ》伝馬《でんま》町の牢屋敷の女囚部屋にも出入りしていて、確固とした地位を築いている医師だと尊敬の念を抱いている。

だから職務上の相談相手として、これほどふさわしい人物はいないなどと言ってみせるのだが、しかしその言い分はあくまでも言い訳に過ぎないのは誰の目にも明らかだった。

亀之助は千鶴にぞっこんだったのである。

「千鶴先生、よろしいですかな」

気の小さな亀之助は、巨体の持ち主の癖に、足音を忍ばせて廊下を渡って来る。

「あら浦島の旦那、今日はどんな御用で先生を泣き落としにいらしたのですか」

お道は、白い歯を見せて出迎えた。

「嫌なこと言うね、近頃の娘は」

亀之助は、ちくりと蚊に刺されたように体を揺すった。

「だってそうでしょ。困った時にはまず先生を頼ってみえるじゃありませんか」

お道は日本橋の呉服商『伊勢屋』の次女で、何不自由なく育っているから、言いたいことをぽんぽん言う。

「お道ちゃん、お茶淹れて下さいな」

薬箪笥の前で薬を調合していた千鶴が言った。これ以上亀之助をからかったら、亀之助はすぐに膨れて居座るから面倒になる。

千鶴はお道を、茶運びを理由に牽制したのであった。

「はーい。先生、お茶は中の下でよろしいですね」

亀之助の不服顔などどこ吹く風と、お道は台所に走って行った。

「先生、なんとか言って下さいよ」

情けない声を出して調合室を覗いた亀之助に、千鶴はくすくす笑って、

「今日は、なんでしょうか」

悪戯《いたずら》っぽい目で、亀之助を見た。

「弱いな、そんな顔されると」

「早く話して下さいな……また、患者さんがみえたら、落ち着いてお話をお聞きすることはできませんよ」

「分かりましたよ……いやね、実は先生に調べて頂きたい白骨があるんです」

亀之助は突然、おそろしげな話を持ち出した。

「白骨？……」

すると横合いから、亀之助の手下の岡っ引が言った。

「ええ、人の骨でさ。先生、それがですね。うちの旦那が二年前に手がけた事件で

神隠しにあったと思われる夫婦がいたんですが、その事件にからんだ骨じゃねえかと……」

岡っ引は猫八という。

猫八とは猫目の甚八を短くして呼んでいる愛称だった。猫の目のように、くるくると旦那の亀之助にかわってよく働くから、皆そう呼ぶ。

「骨は今どこにあるんですか」

「掘り起こした現場に置いてあります。先生に引き受けてもらえるのなら、ここに運んできますが、いかがでしょうか」

「いえ、わたくしも現場を見てみたいですから、ご一緒します」

千鶴は早速奥に入って、鮮やかに染め上げた藍染色の袴を着けた。

「猫八、やっぱり千鶴先生だな。よし、これで汚名返上だ。白い目で俺を見ている奴等の鼻をあかせるぞ」

亀之助は、ぐいと肩を張って見せた。

「先生、こちらです。足元に気をつけて下さい」

千鶴が連れていかれたのは、堀江町一丁目の角地であった。

目の前は東堀留川が流れている土地で、坪にして二十坪ばかりの土地が掘り起こされて、武蔵野台地特有の黒い地肌を見せていた。

春の陽気で、土の香りが漂っていた。

亀之助は、足元に注意を払いながら奥に進み、

「建て替えをするために、以前あった店を潰したところなんですがね、縁の下から白骨が出てきたんです。ああ、これです」

亀之助は、筵《むしろ》をかけてあるその場所を差した。

「おい」

振り返って猫八に指図すると、猫八が筵をめくった。

白い骨が、黒い土の上に無造作に置かれていた。

「まあ、こんなにばらばらになって……」

千鶴はしゃがみこんで、痛ましい顔でざっと眺めると、亀之助を振り返った。

亀之助もそこにしゃがんで、

「地ならしをしていた人足が、気味悪がって乱暴に扱ったらしくてね。骨は捨てるつもりだったようですから……それを、念の為と言い出した者がいて、奉行所に届けて来たんです」

　千鶴は亀之助の説明を聞きながら、懐から白い布を取り出すと、それに包み込むようにして胴体から外れている頭蓋骨を取り上げた。

　頭蓋骨のてっぺんに、細長い穴があいていた。

「どうですかね、先生……長崎に留学された先生なら、こういう白骨にもお目にかかっているんじゃないかと思いましてね」

「……」

　思案顔の千鶴に、亀之助は次々に質問をぶつけてくる。

「この傷ですが、たとえば高い所から落ちた時に、出来るものなんでしょうか」

「陥没することはあるでしょうが、これは明らかに違いますね」

　千鶴はきっぱりと言った。

「するとなんですか。鈍器で殴ったとか」

「いえ、それも違います。鋭利な刃物のようですね」

　亀之助は神妙な顔で頷く。

「昔ね、ずっと昔に、どれほど昔のものかそれは分かりませんが、お墓があったと思われる場所から骨が出たというので見せてもらったことがあります。それにもこれと似たような穴があいていました。槍か刀か、とにかく何か鋭利な刃物で突かれたのではないかということでした」

「するとこの白骨の主は、殺されたんですね。殺されて縁の下に埋められていた……とすると、猫八、こりゃあ徳蔵だな、徳蔵に違いない」

亀之助は、わが意を得たりというように大きな声をあげた。

「徳蔵？」

千鶴が聞き返す。

「ここの住人だった男ですよ。本石町に『相模屋』という大きな木綿問屋があるのですが、そこの番頭をしていた男で、所帯を持ったのを機に、暖簾《のれん》分けしてもらって、ここに店を出していた男です」

亀之助は興奮気味だ。

「ここに来る道すがら、話して下さった人のことですね」

「そうです。ここに小間物と古着屋の店を出していたんですがね」

亀之助は、土くれになった土地を見渡した。

「ちょっと待って、浦島様、なぜ木綿屋でなくて小間物屋なんですか。暖簾分けしてもらったんでしょ」

「……？」

亀之助は考えている風だった。そういう詰めの甘さが亀之助の同心としての腕を問われるところである。

「先生、そこんところは調べておりませんでしたが、徳蔵はここに店を出して一年目に、つまり今から二年前ということになりますが、女房子供と一緒に一家全員が突然いなくなったんです。神隠しにあったんじゃないかと奉行所に届けがあって、急遽私が調べに当たっていたんですが、まったく何の手がかりもつかめずに、探索は打ち切りになったんです」

「ちょっと待って下さい。浦島様はこの白骨は、神隠しにあったその徳蔵さんのものではないかとおっしゃりたいのでしょうが、わたくしにはこの骨がどれほど昔のものなのか、また徳蔵という人のものなのか、そんなことはわかりませんよ。第一徳蔵さんは神隠しにあったのでしょう？」

「それはそうですが」

「お内儀と一緒に」

「はい」

「子供も一緒にね」

「はい。女の子で内儀の連れ子だったようなんですが……」

「するともしも、この骨が徳蔵さんのものだとしたら、あとの二人はどうしたのでしょうね」

「ふーむ。それが分からないのですよ」

亀之助は首を傾げた。

「千鶴先生。その内儀ですが、徳蔵と一緒になる前は深川の櫓下で春をひさいでいた女でしてね。行く当てのねえ、身寄りのねえ女なんでさ。あっしが調べたところでは、親しい人もおりやせんでした。ですからここからいなくなったときも、探しようがなかったんでさ」

猫八が十手で、骨をこんこんと叩いて言った。

千鶴は溜め息をついた。

雲をつかむような話だと思った。

すると、亀之助はすがるような目をして言った。

「千鶴先生はシーボルト先生のところで修業なさっていたとお聞きしています。蘭医の知識で、この骨の正体をつきとめてもらえませんか」

「そう言われてもね」

「男か女か、それだけでも分かりませんか」

「それは、男ですね。骨の太さから考えて男に間違いないでしょうね」

「だったら先生、お願いしますよ」

亀之助は両手を合わせる。

千鶴は苦笑して見返した。

「困ったお人ですね。無茶を言って」

するとまた、横合いから猫八がぼそっと言った。

「先生、うちの旦那はあの事件で、なんにもつかめなかったと皆に馬鹿にされたんですよ。そればかりではありませんや。お内儀には家を出て行かれるし、どうしても決着をつけて名誉を挽回させてやらねえと……」

千鶴はまた、大きな溜め息をついて見せた。

亀之助の立場を考えれば協力はしてやりたいし、骨から何かの手がかりを見つけるというのは、千鶴も大いに興味のあるところである。しかし、そう簡単に事件の解明に繋がる結果が出せるとは思えない。

ただ、少なくともこの骨が徳蔵のものなのかどうか、それだけでも分かれば、亀之助は再び事件を探索することもできるのである。

千鶴は、土の上にばらばらになっている白い骨を並べて見た。

「浦島様、徳蔵さんの身丈《みたけ》は聞いていますか」

「いえ」

「人相は？」

「いえ、すみません」

「困りましたね」

千鶴は、亀之助とはまだ一年そこその付き合いだが、逃げていった内儀の気持ちが分かるような気がしてきた。

ただ、ぼうっとしてはいるが、亀之助はどの同心よりも人がいいことは間違いない。

迷子になった年寄りをおんぶして、一日中住まいを探してやるような男である。

亀之助は手柄とは無縁の男であった。それだけに憎めないのであった。

「分かりました。わたくしなりに努力して見ましょう」

「ほんとですか」

亀之助はほっとした声を上げる。

「喜ぶのは早いですよ、浦島様」

千鶴はぴしりと釘を刺した。

二

「おじさま……おじさま……酔楽《すいらく》先生……」

千鶴は、柴垣の上から顔を出して、荒れ放題の裏庭にむかっておとないを入れた。

裏庭は一面まだ冬枯れに覆われているように見えているが、枯れ色の茅床《かやどこ》からは若い芽の葉先が伸びてきているのが見える。また低木の木の枝には若緑の芽が無数に頭を出していた。

どこか近くの畑で枯れ草を焼いているのか、俄《にわか》に焼き畑の匂いも漂って来る。

ここに来ると、ああ根岸の里だと実感させられる。

天空海闊《てんくうかいかつ》、洒洒落落《しゃしゃらくらく》、飄々《ひょうひょう》として生きている酔楽先生には、この地はいかにもぴったりで、千鶴は訪ねるたびに、おじさまはおじさまで、これでお幸せなのだという気がしている。

千鶴が柴垣の上に伸ばしていた顎を引いたその時、庭に面した日当たりのいい座敷から、いびきが聞こえてきた。

「おじさま……」

千鶴はくすりと笑って、玄関に回った。

酔楽先生とは父東湖の一番の親友だった人である。

若い頃に二人は机を並べて医学館に学んだ仲で、父は豪農の次男坊だったが、酔楽先生は旗本の三男坊だと聞いている。

共に次男三男で気があって、ずっと苦楽を分け合ってきた仲だった。

ただ一時期、父の東湖が医学館に召し出された頃、酔楽は医師の道を捨てるかのような、放埒《ほうらつ》な日常を送っていたことがあったようだ。

それでも二人の間は離れることもなく、寸暇を見つけて酒を酌《く》み交わす、刎頸《ふんけい》の友であった。

あの時の父の顔が一番幸せそうだったと、千鶴は思う。

父が亡くなった後は、時々千鶴がここを訪ねて、酔楽先生の安否を確かめている。たいがいは酒を飲んでひっくりかえって居るのだが、今日も相変わらずの有様らしい。

千鶴は玄関の座敷にあがると、そこから廊下に出て、まっすぐ裏庭に面した、この茅葺きの家では一番居心地のいい座敷に向かった。

部屋が近づくにつれ、いびきは野獣が吠えているように聞こえたが、千鶴が部屋の前の廊下に立つと、ぴたりと止んだ。

「おじさま、千鶴でございます」

膝を廊下について挨拶すると、

「よう、ようよう……来たか、来たか」

嬉しそうな声がして、鷲鼻をひくひくさせた赤ら顔の酔楽が、這うようにして顔を出した。

「ご機嫌はおよろしいようですね」

「なに、いつもとかわらぬよ。まあ上がってくれ、何もないがな」

「もう上がっております」

「そうだった。で、どうだ。治療院の方はかわりないかね。わしも一度顔を出したいと思っているが、こんな酒焼けした顔を出したら、患者がびっくりするんじゃないかと思ってな」

「おじさま……」

千鶴は笑って、

「今日は干鰈《ほしがれい》をお持ちしました。それと、お竹さんがつくってくれた山葵《わさび》漬けと、菜飯……」

千鶴は紫の風呂敷包みを広げて、運んで来たものを出していく。

「お竹さんがのう……お竹さんは嫁にもいかずにまだいるのか」

「はい」

「と言っても、わしとかわらぬ年齢だからな、気の毒な女子《おなご》だ。お前のところで女中奉公して一生を終えるつもりかの」

「お竹さんがいなくては、わたくし困ります。だってお竹さんは、わたくしが生まれた時からずっと桂家にいて下さっている人なんですから」

「ふむ、まあそりゃあそうだ。で、最後に残っているその上等の和紙に包んでいるものは何かな」

酔楽は、まだ風呂敷に残っている物を、子供のような顔をして指差した。

「ああ、これは、わたくしが一緒に食べたくて買ってまいりました餅菓子です。おじさまと頂こうと思いまして、奮発して寅屋のお菓子を買って参りました」

千鶴は玉手箱を開けるような顔をして、酔楽の前で菓子の包みをそっと開けた。

ほらね、美味しそうでしょう……というように千鶴が酔楽を見上げると、

「千鶴……」

酔楽は赤い顔をいっそう赤くして、鷲鼻を伝って落ちてきた洟《はな》とも涙とも思える

ものを拭ってみせた。

酒浸りで、風まかせの柳の枝のように生きていて、大口を開けて笑っている酔楽だが、近頃とみに涙脆《もろ》くなったようだ。

酔楽は妻も娶《めと》らず、ずっと一人で暮らしてきている。

それもあってか、父の生前から千鶴を実の娘のように可愛がってくれていて、千鶴……と呼び捨てにする。

千鶴にとっても父亡き後は、そう呼んでくれる方が、いっそう心の頼りともなり嬉しいのであった。

ただ、部屋の中を覗いても医書ひとつ見えず、転がっているのは酒樽ばかりという生活で、酔楽はいったいどうして生活の糧《かて》を得ているのだろうかと、千鶴は心配なのである。

千鶴は、埃《ほこり》の浮いた畳を横目に、酔楽に言った。

「おじさま、おじさまさえよろしければ、いつでも、道有にいらして下さいませ。お竹さんだってきっと喜びます」

「そうか、お竹はわしに気があったのか」

「おじさま、そういう意味ではございません」

「冗談だよ、冗談……」

酔楽は笑ってみせると、突然真面目な顔をして、

「千鶴……何か困ったことが起きたのではないかな。一緒に餅を食うためだけにここに来たのではあるまい。いつもと顔色が少々違うぞ」

覗くような目を向けてきた。

「実は人の骨を調べてほしいという依頼がございまして」

「ほう……」

「わたくしもいろいろと考えてはいるのですが、おじさまにもご教授頂けたらと存じまして」

「わしの話など参考にはならぬぞ。酒のことと女のことなら、少しはな、役に立つかもしれぬがな」

「おじさま……」

千鶴は、苦笑して酔楽を見た。

「わしが考える程度のことは、そなたはもう考えている筈だ。これは、いわずもがなの話だが、医学の道も他の道とかわりはないよ。先駆者の跡をなぞっているばかりでは進歩はない。ましてわしを頼るなどと……手探りでも自身で探求していくべ

きだ。いや、このわしがそんなことをいうと笑われるかもしれぬがな」

「いえ……おっしゃる通りでございます。わたくしに甘えがあったようです。申し訳ありません。さっそく手探りですがやってみます」

千鶴は、膝を起こした。

「おいおい、まあそんなに急がずともいいではないか。せめてその、持ってきてくれた餅菓子を一緒に食べて帰りなさい」

「あっ……ほんと」

千鶴は苦笑して、膝を戻した。

「お茶、淹れて参ります」

もう一度膝を起こした時、酔楽が思い出したように言った。

「そうだ……これはわしの女遍歴から学んだ細やかな骨相学だが、鼻の低い女は、鼻の骨が低いから低いということになる……つまり、人は肉に脂が溜まって、下っ腹がぶよぶよ太ったりするが、鼻が太って高くなることはない。頬の高い女は頬の骨も高い筈だし、顔の長いの丸いの、みんな形づくっているのは土台となっている骨だとね。顔のつくりがお粗末なのは親ゆずりなんだから諦めるしかないと、わしは女どもに言ってやるんだ。人間、顔形じゃない、心根が肝心だとな……」

「おじさま……」

千鶴は頷いた。

韜晦《とうかい》した物言いの中にも、酔楽はちゃんと千鶴に助言を与えているのである。

顔の骨と肉についての考えは、千鶴の考えていたことと酔楽の話は合致していた。

――それにしても……。

手探りでやれと叱咤しながら、父のように激励してくれる酔楽に、千鶴は改めて胸を熱くするのであった。

「徳蔵さんのことをお聞きになりたいというのは、そちら様でございますか」

店の框《かまち》に腰を下ろして出入りする客の様子を眺めていた千鶴の側に、声を潜めて座ったのは、額の広い中年の男だった。

上物《じょうもの》の茶の色目の平織木綿の羽織と着物に、紺の前だれをしているところをみると、番頭格のようだった。

「はい。わたくしは道有屋敷跡に住む桂千鶴と申しますが」

「これは……失礼を致しました。藍染先生でございましたか。お噂はお聞きしております。手前どもの主もいつか是非、脈をとって頂きたいものだと申しておりまして。ああ、私はここの番頭で惣助と申しますが、徳蔵さんとは同じ番頭として一緒にやってきた者です。で、何をお話しすればよろしいのでしょうか」

「徳蔵さんが神隠しにあったことはお聞きになっていると思いますが、そのことについてお奉行所もちょっと調べていることがございまして……わたくしがお聞きしたいのは、徳蔵さんは暖簾分けをして貰うということで、この店を辞めたのですね」

「いえ、違います。旦那様はもともとそのつもりだったらしいのですが、そういうことにはなりませんでした」

「その理由はなんでしょう……」

「お内儀のことですよ。もうご存じでしょうが、深川の櫓下にいた人です。連れていた女の子も徳蔵さんの娘さんというのならまだしも、父親《てておや》のわからない子のようでしたから……いや、別に誰と所帯を持とうと、とやかくいわれる筋合いではないということはわかりますが、小僧の時から可愛がって、手代になり番頭になりと出世して……これみな、旦那様のお気持ちがあればこそです。もちろん、徳蔵さんの懸命な働きもあったのですが、期待をしていただけに旦那様が立腹されて、相模屋の暖簾を張ることも、木綿を扱うことも許さなかったのでございます」

「やはりそうでしたか……」

「先生、あの……お店の跡地に白骨が出たと聞いていますが、ひょっとしてそのことでございますか」

惣助は、いっそう声を潜めて言った。

「ええ……番頭さん、徳蔵さんの身丈はどれほどあったのか、ご存じですか」

「そうですね……五尺三寸ばかりでしょうか」

「鼻は高かったでしょうか、それとも、低かったでしょうか」

「格別高くも低くもなかったような……」

「丸顔でしたか……それとも四角い顔か」

「丸顔ではなかったと思います。どちらかというと長い顔でしたか……いや、と細かにと言われますと、言葉で表すのは自信がありません」

惣助は頭を掻いた。

それもそうだと思いながら、千鶴はとんでもない所に足を踏み入れたと思った。

酔楽の言っていたことは納得できる話ではあったが、しかしここで人相を番頭に聞いたところで、髑髏《どくろ》は髑髏、髑髏で生前の顔を想像するのは至難の業と思うのである。

結局千鶴は、徳蔵が指の骨や足の骨を折ったことはないかなど、白骨を見てすぐに判断できる材料はないかどうか、番頭に尋ねるのが精いっぱいの調べとなった。

根岸の酔楽の隠居所を訪ねた帰りに、ついでに本石町まで出向いたものの、骨は誰のものなのか判別する確たる物をつかむことはできなかった。

ただ、徳蔵が相模屋で相当の期待をされていながら、なぜ、櫓下の子持ちの女郎を女房にしたのか疑問が残った。

相模屋の番頭惣助の話によれば、目鼻立ちも人並みの女ではあったが、誰がみても、それまで相模屋で積み上げてきた信頼とか経験とかをうっちゃってまで、女房にするほどの女かと思ったというのである。

惣助は、店の表まで千鶴を見送りに出て来て、こう言った。

「田舎ではおっかさんが、出世を待ちわびていた筈です。おっかさんに仕送りをずっとしてきたのも私は知っています。いつかこの江戸におっかさんを呼んで暮らしたいと言っていたのに、そのおっかさんを二の次にして、あんな女房を持ったんです。何か深い訳でもあったのではないかと、皆で噂しておりました。どのようにして、徳蔵さんはおきちさんと知り合ったのか……ああ、女房になった人はおきちさんと言っていましたから、私も一度だけ会ったことがありますので……先生、徳蔵さんはおきちさんと知り合ってからおかしくなってしまったんでございますよ」

三

「先生、千鶴先生」

お竹の声と、勝手口を閉める強い音が聞こえたと思ったら、夕食の膳についたばかりの千鶴とお道のいる小座敷にお竹が飛び込んで来た。

「あの骨、なんとかなりませんか」

膝をついて怯えた顔で言い、その手は庭のある方を指差した。

亀之助から預かった骨は庭に筵を敷いて、その上に置いてあった。

「お竹さん、庭に筵を敷いて、その上に置いてあるんですから、少しの間我慢して下さい」

「だって先生、ひ、光ってるんですよ。月の光で、青白うく」

まるで幽霊にでもあったような顔つきである。

「私も怖いわ、先生」

お道も、身を縮めるようにして、千鶴を見た。

「お道ちゃんまで何を言ってるの。あなたたちだって、同じなんですよ」

「だって、殺された人だとか何とか」

「それはこれから調べることです」

「でも先生、あの骨に触ったりしては祟《たた》りがあるんじゃないでしょうか。ねえ、お竹さん」

「お道ちゃん、あなたはお医師になりたくて修業しているんじゃなかったのですか。考えてもみなさい。もしも誰かに殺された人の骨だとしても、わたくしたちに祟るなんて、そんなことしません。だって犯人を探してくれるかも知れない人に感謝こそすれ祟るなんて……わたくしがあの骨の主なら逆ですよ、そうでしょう。あの骨はね、自分のことをちゃんと調べてくれるわたくしたちに、物言わぬ叫びを発しているのですよ」

「物言わぬ叫び……」

「そう……物言わぬ叫び。その叫びを聞いて上げなくては……わたくしはあの骨を見ていてそう思いました」

「先生……つまらないことを申しました」

素直な顔になってお道は謝る。

「良いのですよ。それよりお食事がすんだら、少しの間手伝って下さいな」

「はい。先生」

「まず庭に灯りを用意して下さい。それと、桶に水を張って側に置いておいて下さい」

思いつくままに千鶴がお道に言いつけていると、玄関の方で声がした。声は男のものだった。

「はい」

お道は元気良く立ち上がって部屋を出ていった。だがすぐに顔を紅潮させて戻って来た。

「先生、お客様です」

お道の声は弾んでいた。

「お客様？」

「菊池《きくち》求馬《きゅうま》様とおっしゃるお武家様です」

うっとりとした顔で言う。

「おやおや、お道さんがそんな顔をするところを見ると、よほど、男っぷりの良いお方なのですね」

お竹が冷やかすように言った。

「そうなのよ、お竹さん。きりりとした切れ長の目をしていて、鼻がすっと通っていて、それから何というか、男っぽくて……体から滲み出ている……何て言えばいいか」

夢中で説明しようとするお道に、千鶴の声が飛んだ。

「いい加減になさい。お竹さん、お食事は後で頂きますから」

千鶴はすぐに立ち上がって、玄関に向かった。

はたして、玄関の三和土《たたき》にはすらりと背の高い、着流しの武家が立っていた。

「千鶴殿か。私は菊池求馬という」

武家は千鶴が玄関の上がり框に膝をつくやいなや言った。

なるほどお道が騒いでいた通り、その武家には千鶴が今までに出会ったことのない、さわやかなものが窺える。

「御用向きは……」

千鶴は武家の顔を見上げて言った。

「届け物を持って参ったのだが、暫時待たれよ」

求馬は手を伸ばして掌《てのひら》を千鶴に突き出すと、玄関の外にいったん出て、布袋に詰まった重たそうな物を運び入れてきた。

「これは……何でしょうか」

「人形師が使う土でござる。精製してあるから、水で練ると粘土になる」

「あの……何故、あなた様がこのような物をわたくしに？」

「酔楽先生に頼まれたのです」

「酔楽先生に？……あなた様は酔楽先生とはどのようなご関係なのでしょうか」

「不審に思うのはもっともだが、俺はひょんなことから酔楽先生の手《て》解《ほど》きを受けて、丸薬をつくって薬屋に卸している。酔楽先生とは、いわば水魚の交わりとでもいう仲だ」

「まあ……」

千鶴は目を見張った。

人前をはばからず、好き勝手な暮らしをしているあの酔楽と、目の前の求馬との取り合わせは一見奇妙な感じがしたが、どこかで響き合うところがあるというのだろうか。

「丸薬づくりは内職だな。俺は家禄二百石で無役の身だ。暇をもてあまして絵を描いているが、台所の不足も埋めねばならぬ。そこで丸薬づくりをしておるのだ。これで納得がいったのではないかな」

「申し訳ありません。失礼なことをお聞きしました」

「なんの……で、酔楽先生のおっしゃるのには、この粘土を使って髑髏に肉づけしてはどうかと、そう伝えてほしいと」

「あの……」

この武家は、酔楽から何もかも聞いているのかと驚いていると、

「ここに置きましたぞ。では」

くるりと背を向けて出て行った。

「お竹さん、お道ちゃん。この袋を、そうですね、調合室の隣の空き部屋に運んで下さい」

後ろを振り返って声を張り上げた時、玄関からひょいと顔が入って来た。

ぎょっとして見ると、出ていった筈の求馬だった。

「何か？」

「いや、髑髏とやらを、是非見せてもらいたいのだが……」

「菊池様……」

千鶴は、咄嗟《とっさ》に自分の顔がこわ張るのが分かった。酔楽の知り合いとはいえ、関

係のない武家に土足で突然踏み込まれたような不快さだった。

今度の仕事は、特に内密に進めなければならない仕事だった。

——それを……。

「何を酔楽先生からお聞きになっているのか存じませんが、髑髏のことは外には漏れてはならない話です。あなた様の興味本位な申し出にお応えすることはかないません」

「なるほど、酔楽先生のおっしゃる通りのお方だな、手きびしい」

求馬は苦笑を浮かべるが、

「他言は致さぬ。頼む」

一転して真剣なまなざしを向けてきた。

千鶴はこの三日、患者の診療を終えると調合室の隣室の小部屋に入って、頭蓋骨を前に格闘してきた。

求馬が持ってきてくれた人形の土は、練れば練るほど粘りが出て、細工をするには最適だった。

頭蓋骨を支える背骨のかわりに頃合の割り木を使い、それを平台に固定すると、顔と頭を肉づけするために、粘土をつけていくのだが、思うようにはいかなかった。長崎ではシーボルトの手術も見聞したし、クルムスの『ターヘル・アナトミア』を翻訳してあらわした杉田《すぎた》玄白《げんぱく》の『解体新書』、さらには、解体新書には載せなかった『解剖学表』の頭蓋骨をつかって原書を忠実に写した大槻《おおつき》玄沢《げんたく》の『重訂解体新書』も見てみたが、頭蓋骨自体の記述は少なかった。千鶴は結局頭蓋骨への肉づけには自信がもてず、何度もやり直しをすることとなった。

ただ、やり直しをしているうちに思ったのは、目の表情や眉の濃さ長さなどは分かりようもないのだが、顔の輪郭や幅、顎の形、えらの部分、目と目の間隔、目と鼻と口の、それぞれの骨の特徴を生かして頬の肉づきを調整すれば、輪郭や全体を通して見える雰囲気は、骨の主に近づけるのではないかということだった。

この部屋には、父の蔵書もあるし、木製の人体骨格標本も置いてある。

三日間、眠る間を惜しんで、頭蓋骨に粘土で肉づけをした作業は、それこそ見知らぬ世界に挑戦してきたわけで、疲れを覚える暇もないほどの緊張の連続だった。

とはいえ、迷ってはやり直し遅々として進まないその作業で、自身の未熟を知ることにもなった。

——しかし、ともかく、おおよその顔形は出せたのではないか……。

求馬が運んでくれた粘土もあらかた使って、不本意ながらも、一応の形は出来上がったと、大きく息をついた。

――これで、せめて目や唇の形が具体的に復元できればいいのだけれど……。

力を尽くしたという思いと、やり残したという思いが交錯した。

出来上がった顔が、はたして失踪している徳蔵の顔なのかどうか、千鶴には判断のしようもないのであった。

「先生、よろしいですか」

その時、遠慮がちな声がした。亀之助の声だった。

「どうぞ、お入り下さい」

千鶴が返事をすると、亀之助は猫八と入って来た。

二人はぎょっとした顔で、しばらくそこに硬直して佇んだ。

庭から差し込んできた光に浮かんだ復元の顔を見て、固唾《かたず》をのんだようである。

だが次の瞬間、復元の顔に走りより、恐る恐る前後左右から目を皿のようにして見詰めていたが、

「やや、これはこれは……」

亀之助は大きな溜め息をつくと、

「まるで手品を見るようでございますな」

興奮した顔を千鶴に向けた。

「御覧の通りです。鼻の高さなどはおおよそ再現できたと思いますが、人の顔としてはまだまだ不十分です。粘土が乾けば、髪文字《かもじ》屋さんからかつらを買ってきて、頭に乗せてみようと考えています。ただ、細部について、もう少し詳しく分かればと思うのですが……」

「いや、これだけでも、頭に髪を載せれば、雰囲気で徳蔵かどうか分かるのではないでしょうか。ただですね、妙な話を猫八が聞いてきたんですがね」

おい猫八と亀之助に促された猫八は、膝を揃えて座ると千鶴に言った。

「実は先生、徳蔵の女房おきちがいた櫓下の女郎宿『花菱』に行ってみたんですがね。女将が言うのには、つい最近、おきちを見かけたなんて滅相もないことを言いやしてね」

「間違いないのでしょうね」

「へい。あっしも念を入れて聞きましたが、あたしの目に狂いはないって、そう言いました。どうやらおきちは、少し左足を引きずって歩く癖があったようです。女将は長年抱えていた女ですから、そこらへんのところは知り尽くしているわけでして」

「……」

「女将は、一家が神隠しにあったことは知っていましたからね。二年前にあっしが調べに行っておりやすから……ですからまるで、幽霊を見ているような気がしたと言っておりやした」

「猫八さん、女のお子さんは？　一緒じゃなかったんですか」

「一人だったようです」

「場所はどこです？」

「向嶋《むこうじま》です」

「向嶋……おきちさんの知り合いでもいるのですか、向嶋に」

「女将は、向嶋でおきちを見たことで、ある男を思い出したと言っておりやした。昔おきちの所に向嶋から通って来ていた男なんですが、質《たち》の良くねえ男で、女将の話によれば高利貸しの取り立てとか強請《ゆすり》をやって食ってた男らしいんです。巳之助《みのすけ》といいましてね、おきちが産んだ女の子は、その巳之助の子だったのではなかったかと女将は言ったんです」

「まあ……妙な話になってきましたね」

「へい」

「そういうことですから先生、この白骨の主は、いよいよ徳蔵ではないかという疑いがあるんですよ。私と猫八は、これから巳之助という男の住まいを探索しようと思っています。まずはそのことを先生に伝えようと思いまして立ち寄ったのです」

亀之助はそう言うと、猫八を連れて、そそくさと出て行った。

四

千鶴は、四《よ》方簾《もすだれ》の駕籠の中で、俄に緊張するのを覚えていた。

今夕のこと、一人の中間《ちゅうげん》が駕籠を従えて治療院に内密の治療を頼みたいとやって来た。

屋敷で大怪我をしている者がいるが外部に漏れては困るので、この駕籠に乗って来て欲しいというのであった。

千鶴には一瞬のためらいがあった。

歩いての往診ならともかく、駕籠を使うほどの遠出となると、その時だけは特別に、庭の薬園の管理をしてもらっている幸吉《こうきち》に供を頼んでいた。

幸吉は、千鶴が薬を仕入れている本町の『近江屋』の手代の一人だが、昔父を慕って出入りしていたこともあって、主の許可も貰った上で、三日に一度は桂治療院にやってきて、女中のお竹と一緒に薬園の草を抜く。

そこらへんの藪医者よりずっと薬に詳しくて、医者の代診ができるほどの知識があるが、幸吉の望みは誰にも引けを取らない生薬屋を持つことだという。

その幸吉を今日は呼ぶ暇もなく、また中間からは弟子のお道も連れてはいけないなどと言われて、一旦は断ろうかと思った往診であった。

だが、諸般の事情があって内密に治療を頼まれることはよくあることで、自分を待っていてくれる患者のことを思えば断るに断れず、慌てて支度をして駕籠の人となったのだった。

だが、治療院を出てまもなく、千鶴は一行の不審に気がついた。強い殺気を感じていた。

千鶴は、小太刀が出来る。

護身のために身につけたもので、半月流の小太刀で神田の浅岡道場では、代稽古をするまでになっていた。

しかし、道場に通わなくなって久しい。

今日のように外出する時には、小袖の上に袴を着けて、腰には小太刀を差してはいるが、路上を歩いている時ならともかく、駕籠の中では柄頭を上げるのが精一杯で、急襲されればひとたまりもない。

千鶴は駕籠の中から簾を通して外を見た。場所は柳原通りかと思える。

「もし、止めて下さい」

一行の不気味な無言に耐え切れなくなって、千鶴は外に向かって呼んだ。

すると、突然駕籠が走り出した。

座っているのがやっとのことで、止まったと思ったら、音を立てて駕籠が据えられたのである。

——来る。

小太刀の柄をつかんだその時、右頭上をかすめるように刃が駕籠に突き刺さった。

体をひねってその刃を躱すと同時に、千鶴は転げるように外に飛び出した。

直ぐに二つ目の刃が飛んで来た。

千鶴は起き上がると同時に刀を抜いた。

薄闇の中で、刀を受け止めた衝撃と同時に火花が散った。

千鶴を襲って来たのは、浪人だった。それも二人……。

——殺される……。

片膝をついたままの千鶴は、打ち据えられた刀を受けることに精一杯で、しかも、男の強い力では、息一つの油断で額を打ち割られそうである。

「何者です」

千鶴が叫ぶと、浪人は、

「死ね」

千鶴の胸を蹴った。

「あっ」

千鶴が後ろに倒れたのと同時に、浪人の振り上げた刀が落ちて来た。

——しまった。

斬られると覚悟したその刹那《せつな》、落ちて来た男の刀の前に、黒い影が走り込んで来た。

その影が、振り下ろしてきた浪人の刀を跳ね返すと、今度は踏み込んで浪人の肩を斬った。

「あっ……」

浪人は呻いて刀を落とした。

「卑怯な奴。武士として恥をしれ」

千鶴の前にすっくと立って言い放ったのは、あの求馬だった。

「ひ、引け！」

浪人二人は、土手を駆け上って、闇に消えた。

「大丈夫か」

驚愕している千鶴の腕を、求馬が抱えた。

「大事ありません。ありがとうございました」

千鶴は立ち上がって、刀を納めると礼を述べた。

だが、足は、さすがに震えていて、求馬の支えがなければ頽《くずお》れそうだった。

「聞きしに勝る強気なお人だ」

求馬は苦笑して言い、刀を納めながら訊いた。

「無茶な奴らだ。見覚えのある顔ですか」

「いえ、いっこうに……」

「今抱えている事件だな、原因は」

「……」

「あんな得体の知れない骨など預かるからですよ。酔楽先生も心配していた。ややこしい奉行所からの依頼などは断った方がいいと……」

「わたくしは医者です。お引き受けしたのは、私がやってみたいと思ったからです。一、二度襲われたからといって、引き下がれません」

「困った人だ。まあ、とにかく、土手の上に出よう」

「はい」

千鶴は駕籠に駆け寄って、中にあった往診の箱を抱えて来ると、求馬の後ろに従った。

薄闇は土手の様子をすっかり隠していて、どこに足場があるのか見当もつかない。求馬が後ろの千鶴を案じて振り返った時、千鶴は不覚にも足を取られてよろめいた。

すかさず求馬の手が伸びてきて、千鶴を抱き留めた。

「あっ……」

男の匂いに襲われて、千鶴の顔は熱くなった。

「私の腕につかまるのだ」

抱き留めた千鶴に言った求馬の声が、千鶴をどきりとさせる。

「申し訳ありません」

千鶴は、求馬の腕を頼りにして、土手の上に上って立った。

ほんの僅かの間の出来事だったが、初めて男の手に支えられたひとときは、千鶴をどぎまぎさせたのだった。

「でも、どうして、求馬様がここにいらしたのですか」

千鶴は見上げるようにして聞いた。

「そなたに会わせたい人がいて誘いに行ったのだ。そしたら、駕籠で出発するところで、お竹さんという女中さんに頼まれた。駕籠の後をつけてくれるようにな」

「まあ……でも助かりました。それで、どちらに参ればよろしいのでしょうか」

「ついてきてくれ。この近くだ」

求馬は、一方を目顔で差した。

「忠助《ちゅうすけ》、いるか」

求馬は、柳原の南にある平永町の路地を入った裏店の一軒に千鶴を案内すると、おとないを入れた。

中から「へい」という返事が聞こえ、灯火の中に影が立ち上がったのが見えた。

「入るぞ」

求馬はちらりと千鶴に目を投げると、戸を開けて中に入った。

上がり框に、両膝をついて二人を迎えたのが、忠助のようだった。

他には誰もいず、忠助が膝をついている板の間に、大きな風呂敷に包まれた担い商いの箱が置いてあるばかりで、その向こうには一人住まいの侘《わび》しげな箱膳があり、忠助は夕食をとっていたらしい。

「どうぞ、お上がりになって下さいまし」

忠助は小《こ》商人《あきんど》らしく、二人に勧めた。

「いや、ここでいい。忠助、このひとが話していた桂千鶴先生だ。先生にお前が知っている徳蔵の話をしてやってくれ」

「へい、よろしくお願いいたします。あっしは、徳蔵とは同郷の、上総《かずさ》の者ですが、徳蔵さんとはずっと行き来しておりやした。徳蔵さんが木綿問屋相模屋さんの番頭さんをしていた頃からです。田舎の徳蔵さんの家も、あっしの家も貧しい家でした……崖っぷちの土地に僅かばかりの芋をつくったり、野菜を植えたりして、合間に沿岸で漁をしてわずかばかりの銭を得る、そういう家でした。共に母親を田舎に置いて江戸に出て来たんです。ですから、辛いことや困ったことがあった時には、愚痴をこぼし合う仲でした」

「すると、徳蔵さんの消息ですが、忠助さんには心当たりはあるのですか」

「いえ……神隠しにあったと聞いて、もしやと田舎に帰ってみたのですが、田舎の母親も知らない様子でしたので、あっしも何も知らないのですが、ただ」

「ただ……」

「神隠しにあう少し前に、ここに来て妙なことを口走ったのです」

「妙なこと？」

「俺は、とんでもない馬鹿な奴だったと……」

「……」

「女房のおきちに騙されたのではないかと……」

「まあ……」

千鶴は、求馬の顔を見た。

求馬は言った。

「徳蔵は、おきちに恋い焦がれて身請けして女房にしたのではないらしい」

「どういうことですか……忠助さんはその訳を知っているのですね」

千鶴は忠助に目を戻して聞いた。

「へい……」

頷いて忠助が話すのには、三年前のこと、徳蔵は掛け取りのために深川の幾つかの得意先を回っていた。

相模屋が販売している木綿類は、武家や商家の奉公人の着物として重宝されているために、得意先はご府内の至る所にある。

番頭が三人もいる大店で、深川一帯は徳蔵の担当だった。

ひと通り仕事を終え、得意先の旦那を接待して帰路についた夜の四ツ頃、徳蔵は一人の着崩れた女が、幼い子を抱いて油堀《あぶらぼり》川に架かる千鳥橋の上を行ったり来たりしているのに出会った。

すれ違いざま見た女の顔には生気がなかった。

うつろな白い顔は、いかにも途方にくれている様子で、すれ違った後で気になって振り返ると、女は幼い子を下におろして手を引いていた。まるで幽霊が子供の手をひいてあの世に向かって歩いているように見えた。

その姿を見て徳蔵は、はっとした。

「徳蔵さんの言葉を借りれば、その女の子の姿と、幼い頃の自分の姿が、重なったというのですよ」

話の途中で忠助は、哀しげな顔をして溜め息をつくと、そう言った。

千鶴が静かに頷いてみせると、忠助は話を継いだ。

「貧しい暮らしをしていますと、母が子の手をひいて、死にたい思いでさ迷うことはよくある話なんですが、徳蔵さんもご多分に漏れず、遠い記憶の中に、それに似たようなことがあったようでございました」

それは――。

夕日が沈む海岸の道を、とぼとぼ当てもなく母に手を引かれて歩いた時のことを、徳蔵は思い出したのであった。

目の前にいる女の子は、その時の徳蔵より幼いようだったが、昔の徳蔵も、母がこっちへ来いと言えば、不安ながらもついていく年頃だった。

今この母についていけば、何か恐ろしいことが待っているような、そんな動物的な予感が、幼いとはいえあった。

だがその恐怖と、母を好きだという気持ちは別個のもので、幼い子には母と離れる不安の方が大きかったのである。

一緒に恐ろしい目に遭うことは出来ても、一人で置き去りにされることの方が、幼い子には耐えられなかった。

何も言わず歩き続けた末に、徳蔵の母は、とある崖っぷちに立った。

その時の恐怖と哀しみは、大人になっても、徳蔵の記憶から離れることはなかったのである。

年老いた母の背を見る時、そうしてここに今自分が生きていることを思えば、あの時母は、よくぞ思いとどまってくれたという思いが徳蔵にはあった。

生きていたお陰で苦労はしたが、徳蔵はまあまあの人生を送っていると思っていた。

――幼い女の子は、ひょっとして、あの時の自分と同じような思いを今しているのかもしれない。

そしてあの女も、あの時の母のように生きる希望を失っているのかと思うと、徳蔵はもはや放っておけなくなったのである。

「待ちなさい」

橋の欄干から川面《かわも》を見詰めている女に歩みよった。

そこまで話して忠助は言った。

「徳蔵さんが、おきちという人がすぐ近くの女郎宿で身過ぎ世過ぎの糧を得ている人だと知ったのはその時です。おまけにおきちさんは宿に借金まであり、それを払わなくては他所にも行けないと知ったのです。ご存じの通りあの辺りは、外から宿に通って春を売る者も多いのですが、おきちさんは借金のために半抱えの人だったんです。すっかり同情した徳蔵さんが、奉公先を追われるような目にあいながらも助けた母子だったんです。田舎にはおっかさんがいて、木綿問屋の暖簾分けをしてもらうのを本人もおっかさんも楽しみにしていたというのに……それなのに、徳蔵さんがおきちに騙されたかもしれないと言った時、ちくしょう、それじゃあ徳蔵さんのここはどうしてくれるんだと、俺の方が腹が立ったんだ」

忠助は、荒々しく自身の胸を叩いてみせた。

――聞けば聞くほど、気の毒な……。

千鶴は歯を食いしばっている悔しそうな忠助を痛ましい思いで見守っていた。

「あっしはねえ先生、徳蔵さんが、たしかおあきちゃんと言ったと思うのですが、三歳になるかならないかの女の子が、おとっつあん、おとっつあんとよく懐いて、膝に来てくれるんだって、私の顎の髭で遊ぶんだよと嬉しそうに言っていたのを思い出しますよ。四十近くになるまで所帯を持たずに来たんです。店を持つ金を貯めるために頑張ってきた徳蔵さんです、だから嬉しかったんだとおもいますよ。それを……」

忠助は、洟を啜った。

「忠助さん、ちょっと手伝って頂きたいことがあるのですが、お願いできませんか」

千鶴は、復元を試みた顔が徳蔵に似ているかどうか、見て欲しいと頼んだ。もしも外貌が似ているのならば、目や口も整えてみたいのだと説明した。

「そういうことなら、俺も一役買おう。忠助に聞いて、あらかじめ人相の細かい部分を絵にすれば、復元する時に苦労をしなくてすむ」

求馬は力強い言葉で言った。

「求馬様……」

千鶴は、求馬を見た。

頼もしげな求馬の目が、じっと千鶴をとらえていた。

五

その晩のこと、求馬が忠助から話を聞いて描いた徳蔵の人相書きを元にして、千鶴は、それまでに復元していた外貌に、眉目や口の造作を施すことを始めた。

むろんこれより先に、復元した顔の外貌は徳蔵にそっくりだという忠助の言葉を受けてのことで、調合室隣の小部屋には、行灯《あんどん》二つ、燭台《しょくだい》二つが明々と部屋を照らし、千鶴が作業する側には求馬と忠助が念の為に控えていた。

眉の濃さ、眉と眉の間隔、鼻の形、目の大きさ、口の形、唇の厚さなど、千鶴が造作していくものに、側から二人がさらに助言するという念の入れようで、より徳蔵の目や口を忠実に表現しようとしたのであった。

むろんその位置が、頭蓋骨を形成している部位と一致させながらの作業であることは、言うまでもない。

「両国では、まるで生きているかのような『活人形《いきにんぎょう》』と呼ばれる人形が見せ物で出ていると聞きましてね。あっしも見てきましたが、いや、本当に驚きました。細工ものだということでしたが、頭髪は人の毛をつかい、目はビードロをはめ込んでいて、歯も一本一本埋め込んでありましたが、夢に出てくるほど人間そっくりでびっくりしました。いや、こちらも見る人が見れば、徳蔵さんそのものです」

忠助は感心しながらも、目の下に小さな黒子《ほくろ》があったことなど、思い出し思い出しして、千鶴に協力してくれたのだった。

全ての作業が終わったのは翌日のことだった。

「朝食の用意はできております。それから先生、本日は休診の札をかけました」

お道が知らせに来てくれて、それから半刻、ようやく造作が出来上がったところで、町人の髪形の髪文字をつけると、

「ああ……」

それまで冷静だった忠助が、驚きの声を上げた。

「間違いなくこれは、徳蔵さんです」

忠助が食い入るように見詰める復元の顔は、眉は濃く三日月形で、真ん丸い目をしていて、鼻孔を膨らませた団子鼻が顔の真ん中に据わっていて、唇の厚い、人の良さそうな人相に仕上がっていた。

最後に入れた墨の黒い目が、何かを訴えているような表情をみせていた。

「徳蔵さん……」

忠助は、肩を落として、

「こんな姿になっちまって……田舎のおふくろさんに、なんと知らせたらいいんだよ、徳蔵さん……あんなに頑張って、大店の番頭さんにまでなった徳蔵さんが、なぜこんな目に……あっしは悔しいよ、徳蔵さん。徳蔵さんをこんな目に遭わせた奴を許せねえよ」

「忠助……」

求馬が、肩を震わせて悔し泣きをする忠助の背に手を置いた。

「旦那、あっしは正月に田舎に帰っていたんです。そしたらそれを聞きつけて、徳蔵のおっかさんが杖をついて、あっしに会いに来たんでさ。これで三年も徳蔵は帰ってこない、便りのないのは元気な証拠だっていうから、そのうち帰ってきてくれると待ってるけど、徳蔵はそんなに忙しいのかねえって、あっしにそう言ったんですよ」

「……」

「どう答えたらいいんです？……神隠しにあっちまったって言えますか？　いや、神隠しなら、またひょっこり帰ってきてくれるってこともない話じゃない。だけど、こんな姿になっちまったって分かったら……旦那、徳蔵さんのおふくろさんは、背が縮んだだけじゃねえ、腰がまがって、歩く時には地面ばっかり見て歩いているような老婆ですよ。岩にしがみついても、徳蔵が所帯を持って、女房を連れて会いに帰ってきてくれるって、そればっかりを信じて待っている老婆でさ、徳蔵の幸せな所帯を見るまでは死ねないって……そんなおふくろさんに、徳蔵さんが死んだ、いいや、殺されたなんてあっしにはいえねえ……そんなことを知らせた日にゃ、おふくろさんは卒倒して、そのまま死んでしまいまさ」

「俺にも母がいる……年をとった母がな」

「へい……」

「どう伝えてやったらいいのか、頭を冷やしてから考えよう」

求馬はそう言うと立ち上がって治療室を出て、庭に面した障子を開けた。

春の陽射しが、黙って二人のやりとりを聞いていた千鶴の膝元にまで淡い光を運んで来た。

「忠助さん、食事をして、少し休んで下さい」

「先生……」

忠助は切ない顔を向けた。

「分かっていますよ、忠助さん。でも、忠助さんのお陰で一つの謎が解けようとしています。私たちに出来ることは、徳蔵さんの、この骨の叫びを聞いてあげることです。徳蔵さんの恨みを晴らしてあげることです。求馬さんのおっしゃる通り、忠助さんの心配事は後で一緒に考えましょう」

千鶴がそう言った時、廊下に音がして、亀之助と猫八がやって来た。

「千鶴先生、徳蔵の女房おきちの居場所が分かりました」

「どこにいるのだ」

亀之助に聞き返したのは、求馬だった。

「先生、こちらは……」

亀之助は怪《け》訝《げん》な顔を千鶴に向ける。

「こちらのお方は菊池求馬様、そしてこちらは、忠助さん。お二人のお陰で、たった今、徳蔵さんと思える顔の復元が出来ました」

千鶴はかいつまんで、今までの経緯を亀之助と猫八に告げた。

二人はびっくり仰天して、復元された顔を見詰めていたが、

「ありがたい。これで徳蔵は殺されたのだという証拠になった。巳之助の奴もこれで言い訳は出来ぬな」

勇んだ声で言い、千鶴を見た。

「巳之助の居場所、分かったのですね」

「分かったもなにも、巳之助の野郎とおきちは一緒に住んでいましたよ」

亀之助は吐き捨てるように言った。

「まさか……」

これには千鶴も驚いた。

「そのまさかですよ」

「向嶋ですか」

千鶴は畳みかけて訊く。

「そうです。奴は今、ならず者や浪人を使って高利貸しの焦げついた取り立てをやっています。三年前には人に使われていた者が、あっという間に元締めに出世したというわけです」

亀之助の言葉を受けて、猫八が言った。

「白骨が出て来たあの土地の沽券を味噌醤油屋に売ったのも、巳之助の野郎でした。巳之助とおきちは徳蔵を殺して、徳蔵が蓄えていた物全てを奪ったに違いありやせん」

「千鶴先生、そういうことですから、今晩奴等を捕縛します」

亀之助は興奮していた。

「旦那にとっちゃあ、久し振りのお手柄ですから……」

猫八が千鶴に顔を近づけてささやいた。だが直ぐに眉をよせると、

「ただ、少々心配なことがありやしてね。奉行所から応援が来てくれるのかどうか」

「どうして?……人殺しを捕らえようとしているのに、助けてもらえないのですか」

「小者はよこしてくれるんでしょうが、なにしろうちの旦那は今までにもドジばかり踏んでおりやして信用がありませんから、本当か嘘かわからない話につき合ってはいられない。奉行所はそんな暇はないと……」

「まあ……ひどい」

千鶴が同情すると、猫八はいっそう声を潜めて、

「旦那はあんなにはしゃいでいますが、向こうには浪人が二人もいます。ひょっとして返り討ちに遭うかもしれません」

「縁起でもない……」

「いえ、本当です。旦那はそれも覚悟していましてね……千鶴先生には何もおっしゃいませんでしたが、この世の見納めに先生のお顔を拝みたいと」

「冗談言わないで下さい」

「ほんとです。先生にはせめていいとこお見せしたいという、旦那の精一杯の見栄でございますよ」

猫八は思わせぶりなことを言う。

「困った人ね……」

千鶴は苦笑して立ち上がった。話を聞いていた求馬と目が合った。

「忠助、帰って一眠りするか」

求馬は素知らぬ顔をして忠助に声をかけると、廊下に消えた。

忠助が後を追っかける。

二人がいなくなったのを見た亀之助が、頬を膨らませて言った。

「千鶴先生、あの人たちですが、顔の復元に協力してくれて有り難いとは思っていますが、夕べからずっと先生と一緒だったんですか」

「だからこそ、出来上がったんじゃないですか」

「気をつけたほうがいいですよ、先生。男は皆狼ですから……私は別ですけどね」

「浦島様……」

何を言っているんだと千鶴は亀之助を睨み返す。だが亀之助は、

「分かるんですよ、私には。あのお武家、菊池殿は危険です」

「いい加減にして下さい。そんな変なことおっしゃるのなら、金輪際協力はお断りします」

千鶴は本気で一喝していた。

月が出ていた。

優しい光を地上に放ち、隅田川沿いに見える桜の蕾の開くのを見守っているようだった。

だが、向嶋のこの、竹屋の渡しからそう遠くない場所にある畑の中の一軒家は、今夜は異様な空気に包まれていた。

日頃から周りの百姓屋からも敬遠されている家である。

常々目つきのよくない人間が集まっているし、夜になると、どこからともなくやって来る遊び人たちの博打場にもなっていて、夜のしじまを破るのであった。

異様な空気は、その裏庭にあった。

一人の若者が散々に殴られているのだった。

所構わず殴る鈍い音は、若者の背を打ち、腹を蹴り上げる音だった。

「辰《たつ》、これでよく分かったろう。俺たちの仕事には、人情なんてもんはいらねえんだ。人間の心なんぞ捨てるこった」

縁側で脛をめくって、片膝立てている青白い顔の男が言った。男は切れ長の目を持つちょっとしたいい男だが、月に照らされたその顔には、血の一筋も通ってはいないような冷たさがあった。

男の両脇には浪人が座っていた。一人は包帯を巻いている。

そして庭には竹の棒を持った男が一人、これは若者を打ち据えている男だが、その他にも、蹴り上げたり殴ったりする者たちが合わせて五人、庭に正座をさせられて、傷つけられて朦朧としている一人の若い男を見下ろしていた。

「辰、なんとか言ってみろ」

縁側の男がまた言った。

「み、巳之の旦那」

辰と呼ばれた男が、声をふり絞るようにして言った。

「み、巳之の旦那……あっしにはもうできねえ……この布団一枚をとられたら、この病人は死んじまう。そう言われてもはぎ取れっていうんですか」

「馬鹿野郎、人はいずれ死ぬんだぜ」

「ですが、もうできねえ。足を洗わせて頂きます」

「てめえ！……この巳之助を裏切るってか」

巳之助は裏庭に飛び下りると、竹の棒を手下の男から取り上げて、続け様に辰と呼ばれている男の背を打ち据えた。

その時である。

恐怖でひきつった、悲鳴にも似た泣き声が座敷の方でおこった。

泣いているのは四、五歳の女の子だった。

「うるさい。おきち……おあきをむこうへ連れて行け」

巳之助は座敷に向かって、おきちを呼んだ。

慌てて奥から飛び出して来た女が、徳蔵の女房だったおきちである。

「おあき……」

おきちは娘のおあきを抱き締めて、巳之助をきっと見た。

「なんだその目は……お前たちまで逆らうのか」

「おまえさん、おあきが泣くのもむりはありませんよ。お願いですから、これ以上ひどいことはやめて下さいな」

「何……」

巳之助は、今度は座敷に飛び上がると、おきちの頬を張った。

「あっ……」

おきちは頬を押さえて、きっと巳之助を睨み据える。

そのおきちの顔に、巳之助は冷たく言い放った。

「おあきは吉原に売る。いいな」

「鬼……鬼だよ、おまえさん、おあきはあんたの娘じゃないか。

その娘を女郎屋に売るって言うのかい。まだこんなに幼い娘を……」

「ふん。女郎をしていたおまえのこった。誰の子か分かったもんじゃねえやな。俺にこんなに逆らう娘は、徳蔵の娘に違えねえのさ。あの、お人好しの馬鹿な男が、おあきのておやだ」

「おとっつぁんの悪口を言わないで。おじさんなんて大嫌い」

おあきは泣きながら座敷を飛び出した。

「おあき……」

おきちが出て行くと、巳之助は憎々しげに舌打ちをした。おきちが去った先を顎で差し、

「潮時だな。頃合を見て始末してくれ」

二人の浪人に頷いてみせた。

「おっと、そうはさせないぞ。お前を徳蔵殺しで捕縛する。神妙にしろ」

飛び込んで来たのは亀之助と猫八だった。

同時に大勢の小者が庭に走り込んで来た。

だが、どうやら仲間の同心の応援はなかったものとみえ、亀之助は白い鉢巻きに白い襷、同じく猫八も鉢巻き襷で討ち入りの体《てい》、決死の表情で立っている。

巳之助はせせら笑った。

「徳蔵殺しだと……証拠がねえぜ」

「証拠はある。縁の下から徳蔵が生き返ったんだ」

「馬鹿な……幽霊じゃああるまいし。先生方、この寝ぼけた旦那を、あの世に送ってやってくれ。ついでに、庭にいる小者たちも一人一両で、お願いします」

巳之助が言い終わらぬうちに、二人の浪人は刀を抜いていた。

もっとも、二人のうち一人の浪人は怪我をして腕をつっている。戦意はなく腰が引けていた。

巳之助も、懐から匕首《あいくち》を抜き取ると、お手玉のように右手左手に持ち替えていたが、突然、亀之助の懐に飛び込んで来た。

「うわっ」

叫びながらも、亀之助はこれを躱し、抜いた刀で巳之助に打ちかかった。

だが、巳之助はひらりと躱した。そして一目散に表に出た。

浪人二人も、巳之助を庇うようにして走って表に出た。

「猫八、後は頼んだぞ」

亀之助は、ぐいと歯を食いしばると、巳之助たちを追った。

だが、一軒家を出たところで目を見張った。

巳之助は既に草地に倒れており、浪人二人の剣の先には、菊池求馬が颯爽と立っていたのだ。

声をかける間もなく、殺気が走った。

浪人の一人が、声をあげて突っ込んだ。

一合《ごう》、二合……浪人と求馬が打ち合って互いに飛びのいた時、ぐらりと浪人の体が崩れていった。

求馬はすぐに体の向きを変え、

「おぬしはどうする……柳原で千鶴殿を襲った者だな。なにもかも知れているぞ。死にたくなければ刀を捨てろ。みっつ数えるうちにだ」

正眼に構えたまま、怪我をしている浪人に言い放つ。

「ひとーつ、ふたーつ、みっつ」

数えた途端、怪我をしている浪人が刀を捨てた。

「菊池殿、かたじけない」

亀之助が頭を下げると、求馬はふっと苦笑して、月を背にして去っていった。

「こちらですよ。どうぞお入り下さい」

千鶴は、亀之助に連れられてやってきたおきちを、顔の復元をした小座敷に招き入れた。

徳蔵殺しが決着をみた翌日のことだった。

千鶴たちが推量していた通り、巳之助は徳蔵を殺して縁の下に埋め、おきちには神隠しにあったようだと言って騙し、おきち親子を引き取る形で、徳蔵の財産をすべてわがものとしていたのだった。

亀之助はおきちも殺しに噛んでいると睨んでいたが、向嶋の一軒家で痛めつけられていた若い男の証言で、おきち自身も騙されていたと分かり、おきち親子は無罪放免となったのであった。

徳蔵の骨が店の跡から出て、それを復元したことは既におきちにも伝えてあった。骨を埋葬する前に、一度その顔をみたいとおきちが言い出して、亀之助が案内してきたのであった。

おあきも治療院まで一緒に来てはいるが、お竹と庭でたんぽぽを摘んでいる。

おきちの話では、おあきの父親は巳之助だということだし、復元した顔を見せると衝撃を受けるのではないかと、そういう配慮があったのである。

「おきちさん……」

千鶴が、復元した顔を覆っていた白い布を取ると、優しげな徳蔵の顔が現れた。

こころなしか、ほっとした顔にみえるのが不思議だった。

「あんた……ごめんなさい。なんにも知らなくて、ごめんなさい」

おきちは泣き崩れた。

「おきちさん……」

「先生……私、なんとなく、徳蔵さんは殺されたんじゃないかと思ってました。でも、恐ろしくて、あの巳之助が恐ろしくて、尋ねることができませんでした。心のどこかに、巳之助はおあきの父親、おあきの幸せを考えると、怒らせるようなことは言ってはいけないって」

「……」

「でもねえ、おまえさん」

おきちは涙の目で徳蔵の顔を見た。

「でも……おあきはね、おまえさん。巳之助を一度だって、おとっつあんと呼んだことはありませんでしたよ。あの子の心の中のおとっつあんは、おまえさん、おまえさん一人です……」

「おきちさん」

千鶴も思わず胸を熱くする。

「おまえさんさえ許してくれるなら、おまえさんの骨を持って、上総のおっかさんに会いに行ってもいいかしら……ええ、その時には、おあきを、おまえさんの娘だと、嘘でもおっかさんに言って、せめておまえさんのかわりに孝行をさせてください」

おきちはまた、泣き崩れた。

その時である。

たんぽぽを持ったおあきが、とことこと入って来た。

「駄目よ、こちらにおいでなさい」

庭からお竹がおあきを呼ぶ。

千鶴は急いで、復元の顔に布をかけた。

「おっかさん……」

心細げなおあきが言った。

「おっかさん、おとっつあんの所に帰ろう……早く帰ろう」

その手を千鶴が包んで、

「おあきちゃん、もうすぐね、おとっつあんが小さい頃に住んでいた田舎に行って、おばあちゃんに会うんですよ」

この部屋の異様な空気を悟らせまいと、ほほ笑んで言い聞かす。

「本当……」

おあきの顔が輝いた。

「本当よ」

「おっかさん、本当……」

今度はおきちに聞いた。

おきちは顔を起こして涙を拭くと、笑みを浮かべて、

「本当よ。おばあちゃんに会いにいこうね」

「わーい……」

おあきは、部屋の外に走り出て、お竹の待つ庭に飛び下りた。

「ああ……ちょうちょ、ちょうちょ……待て……待て」

おあきが庭ではしゃいでいる声が聞こえてきた。

「先生、浦島の旦那……ありがとうございました。私、徳蔵さんのかわりに、おっかさんの死に水をとるつもりです。あの人にもらった優しい心を、おっかさんにお

返しするつもりです」

おきちは、徳蔵の顔を見ながら、約束を交わすように言った。

そのおきちを、徳蔵の復元の顔が静かに頷きながら見詰めているように見えた。

（双葉文庫『藍染袴お匙帖　風光る』に収録）

かさぶた宗建

渡辺淳一

渡辺淳一（わたなべ・じゅんいち）

１９３３年北海道生まれ。札幌医科大学卒。整形外科医として働いたのち、70年『光と影』で直木賞を受賞。80年『遠き落日』『長崎ロシア遊女館』で吉川英治文学賞を受賞。２００３年紫綬褒章を受章。同年菊池寛賞を受賞。他に『花埋み』『ひとひらの雪』『化身』『失楽園』『愛の流刑地』『鈍感力』『愛ふたたび』などがある。14年歿。

一

母に抱かれて片肌を脱いでいるのは五歳の男の子である。まだ童児頭で両側にふさふさとした髪を垂らし、やや左半身《はんみ》に坐っている。少年のあらわになった左肩は、半身のため、正面に突き出した形になり、その手は前に坐っている男にとらえられている。

男は年齢《とし》のころは五十に近く、長身を思わせる上背を前屈みに、少年の上膊《じょうはく》を瞬《またた》きもせず見詰めている。

少年の左右には、さらに二人の若い男がとり囲むように坐り、中央の男と同じ一点を見詰めている。いずれも紋付に袴《はかま》をつけ、脇に小刀をはさんでいる。

「うむ……」

中央の男がかすかにつぶやいた。低く、地の底から呻《うめ》くような声である。それとともに他の二人も思い出したように顔を引き、男の顔をうかがう。男はゆっくりと少年の手を離し、やがて静かに両の袂《たもと》に手を突っこんだまま腕組みした。

そのまま数分経《た》った。少年はどうしたのかというように、頭の上の女の顔をふり返った。

「いかがですか」

待ちきれぬようにきいたのは少年の母である。

「うまく接《つ》いておりまするか」

二度きかれて、男はようやく腕組みを解《と》いた。だが次の瞬間、彼はものもいわず立ち上ると、座敷をつき抜け廊下に去ってしまった。

すぐそのあとを二人の男が、一礼して追っていく。

あとには母と子供だけが、そのままの姿で残された。

いま初めに去っていった上背のある男は、佐賀藩医楢林宗建《ならばやしそうけん》である。彼の父栄哲も同じ佐賀藩の侍医であった。いわば親子二代続いた医家でもある。

宗建は父栄哲のすすめもあって、少年時代から蘭学を学び、十五歳の時すでに蘭書講釈師として一門を張るほどの秀才であった。それが二十五歳の時家を継《つ》ぎ、そのまま藩の侍医となったのである。

彼に従《つ》いて部屋を出ていったのは、門人の鈴木泰真と大石良英である。ともに宗建に蘭学と医術を学んでいる。

部屋に残されたのは、宗建の妻茂代《もよ》と三男の建三郎である。

宗建がいま、この奥座敷で子供の腕を見ていたのは種痘の結果の判定であった。宗建が五歳の我が子建三郎に種痘を接種したのは、いまから五日前である。

やはり自分の家の奥座敷で、親子ともども神仏に祈ったあと、妻を白一色の座布団に坐らせ、その上に建三郎を抱かせて接種したのである。

それから毎日、宗建は注意深く息子の様子を見てきた。

接種した場所だけでなく、熱や咳の有無、脈や顔色の変化といった全身状態から、むずかりようまで、詳細に気をつけていた。だがこの五日間、建三郎は一向に変った様子はなかった。毎日元気にとびまわり、よく食べる。

現在おこなわれているように、もし種痘がうまくいけば、二日目ごろから接種部に軽く腫《は》れが生じて水疱《すいほう》ができる。一部は化膿《かのう》することもあるが、それもほぼ四、五日で落ちつき、一週間も経つと痂屑《かさぶた》になって落屑《らくせつ》してしまう。これを医学的に善感染といい、こうなれば種痘は成功し、天然痘への免疫《めんえき》ができたことになる。

今日で建三郎は種痘を受けて五日目である。この日で接種した場所になんの変化も起きないようでは、種痘は失敗ということになる。

庭へ開け放した明るい陽の下で宗建は幾度となくたしかめたが、建三郎の産毛《うぶげ》の生えた上膊は、白く輝いてなんの変化もない。指で触れ、こすってみても、痛みも腫れもない。

宗建がものもいわず立ち去り、表の診療所へ消えていったのも無理はなかった。

これで宗建が建三郎に種痘をこころみたのは二度目である。この一ヵ月、宗建はほとんど患者も診ず、蘭書を読みながら種痘にかかりきりであった。寝ても醒《さ》めても、種痘のことしか頭になかった。

だが二度やって、二度とも失敗であった。いくら真剣に、正確に、痘苗を植えつけても、水疱どころか赤味さえ現れない。そんなものは知らぬといいたげに、建三郎の腕はつるりとしている。

一体、植えたはずの痘苗はどこに消えたのか。まさに神隠しにでもあったように、影も形もないのである。

二

天然痘ほど昔から人類を悩ませた病気はない。

この病気の、わが国で記録に残る最も古い流行は、天平七年ということになっている。当時は運よく治ったあとも、顔や全身に豌豆《えんどう》大のあばたが残るので、豌豆《わんず》瘡《かさ》、豌豆病、赤斑《あかめ》瘡《かさ》、疱瘡《ほうそう》などとも呼ばれていた。

天平年間の大流行を記載した『続日本紀《しょくにほんぎ》』には、裳瘡《もかさ》となっているが、これは、「コノ病ハ始メ西方筑紫ニ発シ、東方ニ波及シテ遂ニ天下ニ蔓延《まんえん》シ、一旦患ニ罹《かか》レバ一村ニ流行スルコト裳《も》ノ地ヲ曳《ひ》クガ如キヲ以テ裳瘡ノ名アリ……」というところからでているらしい。

また『本朝世紀』では、「裳瘡《もかさ》ト言フハ痘ヲ病ムモノヲ山ニ居ラシメ、病家ハ戸ヲ閉ヂテ出デズ、父母ノ喪ニ居ルガ如クナルニ依リテ斯《か》ク名ヅケタリ」というように、この病気ほど怖れられ、伝播力の大きかったものはない。

その後、平安、鎌倉、江戸と数かぎりない流行をくり返し、多くの人がこの病気で死んでいる。

日本の人口が江戸中期から増えなくなったのは、間引き、堕胎《だたい》、飢饉《ききん》などとともに、天然痘の流行で小児の命が奪われたのが原因である、といわれているほどである。

この病気が日本に入ってきたのは、先の天平年間、中国からだが、ヨーロッパにもアジアから拡がっていったといわれている。

十世紀の初めには、アラビアの医者ファーレスが、あきらかに天然痘とわかる症状の病気を記載しているが、これがヨーロッパで具体的に注目された初めである。

このあと、十一世紀から十二世紀にかけての十字軍の遠征で、天然痘は全ヨーロッパに拡がり、十六世紀にはさらにスペインから南アメリカへ伝播した。

そして三年後にはメキシコを侵し、アメリカ全土へ波及していくことになる。

いずれにせよ、この病気がアジアの一地方から拡がったのは間違いないが、日本は八世紀の半ばだから、比較的早くその洗礼をうけたことになる。

ところでこの病気に一度かかった者は二度とかからないという事実は、かなり前から知られていた。

大流行が起きても、病気にかかるのはほとんどが子供で、大人でも一度かかった者は、つききりで看病しても決してうつらない。またたとえはっきり発病しなくても、一度流行の嵐をくぐり抜けた人達はほとんどが無事である。

このことから、軽い天然痘が流行《はや》ったときに、子供を故意にその病気にかからせ、それで災厄を逃れようという考えがうまれてきた。

これがいわゆる人痘法であるが、この方法は中国では、すでに宋の時代からおこなわれ、清の時代に完成した『医宗金鑑』には、この軽く病気にかかる方法が記されている。

　これらはいずれも天然痘になった患者から直接、その化膿液や痂屑《かさぶた》をとり、皮膚や鼻孔粘膜にすりつけるといったやり方で、よくうつることはうつるが、それだけにまた危険も多い。たとえば、軽く感染させようとしたのが、本当に病気になってしまって死んだり、治っても痘痕《あばた》だらけの顔になることもある。

　しかしそれでも天然痘に対して有効な手段のなかった当時は、危険を冒して、よくこの方法がおこなわれたらしい。

　寛政元年には、筑前の秋月藩で天然痘の大流行があり、藩医緒方春朔《しゅんさく》は、この人痘法でかなり成功を収めたといわれているが、その実、失敗例もかなりあったらしい。

　とにかく、この人痘法は、はじめから健康な児に天然痘にかからないためという名目で感染させるのだから、失敗したら弁解の余地がない。子供を喪《うしな》った親達は、うちの児はあのまやかし医者に殺された、と騒ぎ出すことになる。

　人痘法がじきすたれたのは、こうした欠点のためである。

　こんな状態の時に、ジェンナーの牛痘法の成功は、まさに人類への福音《ふくいん》であった。

だがこの吉報も一般の人々に認められるまでには、かなりの年月がかかっている。

彼がフィップスという八歳の少年に牛痘を植えたのは一七九六年の五月だが、それがイギリス議会で認められ、一万ポンドの賞金を得たのは一八〇二年である。はっきり大丈夫だという証拠が現実にあっても、一般に認められるまでに、六年の歳月がかかっているのである。

それが日本で公に認められるにはさらに時間がかかる。

それでもジェンナーの牛痘法が日本に伝えられたのは、享和三年（一八〇三年）だから、さほど遅れていたわけではない。イギリスで公認された翌年には、もう入ってきているのだから、東方の果てという日本の地理的不利を考えれば、かなり早いといわなければならない。

この牛痘法を初めに日本へ持ってきたのは長崎の通詞《つうじ》馬場佐十郎である。彼はオランダ商館長ズーフから、この話をきいたらしいが、通詞であったため、話をきいただけで、自分が実際にはやっていない。

ところがこのあと文化四年（一八〇七年）に、千島エトロフの番人小頭中川五郎治がロシア人に捕まり、シベリアに連れて行かれた。ここで五年間抑留されたあと、文化九年（一八一二年）に日本に帰されてきたが、この期間中に五郎治は、かの地で牛痘法を教わるとともに、その解説書を持ち帰ってきたのである。

　そのころ、たまたま箱館に出張した馬場佐十郎は、早速、ロシア語を学び、五郎治が持ち帰った本を翻訳した。これが『遁花秘訣』であり、この本により初めて日本に牛痘が紹介された。

　ところで、この『遁花秘訣』が出た時、楢林宗建はまだ十八歳であったが、蘭学に通じ、長崎にいって、シーボルトの講義を受けたところから、比較的早くこの牛痘法のことは知ることができた。

　しかし残念ながら、この時シーボルトがおこなった牛痘法は痘漿《とうしょう》が腐敗していて、失敗に終っている。

　だが天然痘に対抗するに、牛痘法が最もよいことは、すでに西洋医学を知るものの大方の意見であった。なぜなら牛痘なら人痘のような危険なことはなく、それなのに免疫力は人痘と差がないからである。

　宗建は早速、佐賀藩主鍋島直正公に申し出て、天然痘をおさえるには、牛痘法が最良であること、それにはかの国から優秀な牛痘苗をとり寄せることが先決であることなどを進言した。

　直正公はのち閑叟《かんそう》公として名を知られた名君であるが、九州という開けた土地にいた故もあって、海外の事情にくわしく、西洋医学へも理解があったので、これをきくと、ただちに宗建の献策を入れ、弘化四年正月、宗建に「牛痘苗の取寄方《とりよせかた》取計ふべきこと」を下命した。

そこで宗建は、オランダ商館を通じ、甲比丹《カピタン》レフィソウンに、牛痘苗取寄方を依頼したのである。

こうして翌年の嘉永元年六月、長崎に入港したオランダ船によって、ようやく牛《ぎゅう》痘漿《とうしょう》がもたらされた。

持ってきたのはオランダ医のドクトル・モウニッケである。彼は聴診器を日本に紹介した人としても有名だが、やはり日本に種痘を拡めるに、おおいに功績のあった人である。

この時、彼は牛痘を接種して感染した子の水疱を破り、そこから得た漿液《しょうえき》をガラスビンに詰め、上を堅く密封して持ってきた。

これを受けた宗建は、ただちにオランダ通詞末永栄助と、同じく通詞西慶太郎両名の児を選び、これにまず種痘を試みてみた。

当時は牛痘を人の腕に植えるなど、医者でさえ半信半疑で、植えられた者はみな牛になるのではないか、などと怖れられた時代である。

　こんな時に率先、自分の子供を牛痘の実験に提供するなど、普通の親ではできないことだが、さすがにオランダ通詞だけあって、西洋医学に対しては絶対の信頼を寄せていた。

　もちろん父がやれ、というのだから、子供達は抗《さか》らうわけにはいかない。いわれるままに二人の児は宗建に腕を差し出した。

　だが結果はどういうわけか、二人のどちらの腕にも、なんの反応も現れなかった。

　失敗した宗建はさすがに、もう一度やってみたい、とはいいかねた。一度試みる度に、子供の腕には刀傷ができ、母親は反対する。

　あきらめきれぬ宗建は仕方なく、三男の建三郎をひき出し、その左腕に接種することにした。だがこれも失敗である。しかも二度やって二度とも不成功である。

　折角、遠い海を距《へだ》ててとり寄せたのに、これでは直正公にも顔向けできない。

　なにも変化のないわが児の左腕を見て、宗建が黙り込むのも無理はなかった。

三

　万全を期したはずの二度目の種痘も失敗に終り、宗建は大石良英、鈴木泰真等とともに、その原因を検討した。失敗の理由としてまず考えられることは、接種法の欠陥と、痘漿《とうしょう》の不良のいずれかであった。

当時の接種法は、上膊の外側をアルコール綿で拭き、そこへ小刀で小さな刀傷をつけ、そのうえに細い竹篦《たけべら》の先についた痘漿を垂らす。

この方法は原則的に、いまのやり方と同じである。ただ近年は、ノースリーブなどを着ることが多いので、種痘の痕《あと》を隠すため、場所はこれより上の肩口のあたりにする。

接種も少し前までは鋭利《えいり》なメスで刀傷をつけていたが、いまは針様《はりよう》のものでおしつけるだけの方法に改良されている。このやり方を、宗建はシーボルトについて直接教わっている。シーボルトはすでに日本にいなかったが、方法に間違いはないはずだった。こうなるとやはり漿液が問題だということになってくる。

「もしかして、ドクトル・モウニッケは漿液を誤って、別のものを持ってきたのではありませぬか」

良英が疑義をはさむ。

宗建も、あるいは、と思うが、実際に純粋な牛痘の漿液を見たことがないのだから、誤っているとも、そうでないともいいかねる。

「ドクトル・モウニッケはまだ出島にいるから、至急たしかめてみては如何《いかが》でしょう」

良英の発議で、宗建は漿液の入ったビンを持ってモウニッケを訪ねた。

自分の持ってきた痘苗がおかしいのではないか、ときかれて、モウニッケはたちまち機嫌を悪くした。

「わたしの持ってきたものに誤りがあるわけがない、それならわたしがやってみせよう」

モウニッケがいい出して、再度、末永栄助の子と建三郎が差し出された。

だが彼がやっても結果は同じであった。

やはり漿液がおかしい、その点では宗建達のいうことが正しかったようだが、このままでは牛痘を拡められない。

「どうしたことか」

互いに首を捻《ひね》ったが、モウニッケは、

「わたしは間違いなく牛痘患者の漿液を持ってきたのだ」

といい張るばかりである。

実際、宗建達もそのことについては疑っていなかった。

異国の人々が天然痘で悩んでいる時、それに特効のある痘苗を運ぶのに、偽ものを持ってくるとは思えない。ましてモウニッケは医師であり、牛痘法の秀抜さを日本に紹介しようと意気込んできた男である。

「おかしいですな」

三人が考えて、最後にたどりついた結論は、運ばれてきた漿液は、途中で変性したのではないか、ということであった。

モウニッケが持ってきた漿液を採取したのは、バタビアであった。

ここは現在のジャカルタで、十七世紀の初めからオランダが東インド会社の代理店を置き、オランダ領東インドの首都として栄えていたところである。

オランダからアジアへ向う人や物資は、みなここに一旦、集結する。オランダのアジアへの玄関口だけに牛痘もいち早く、この地にもたらされていたのである。モウニッケが持ってきた漿液も、ここで牛痘を植えられた児から採取したのである。

オランダから持ってくるのからみれば、はるかに近いとはいえ、それでもバタビアと長崎では六千キロはゆうにある。当時の船旅では一ヵ月半近くはかかる。しかも途中には炎熱の赤道が控えている。

いかにガラスビンに密封し、暗所においたとはいえ、生《なま》の漿液が変性しないとはいいきれない。いまのわれわれの常識からいえば、むしろ変性するのは当り前である。

もしこれを採取した時と同じ状態で持ってくるなら、冷凍魚を運ぶように、余程強力なフリーザーか冷凍庫でもなければ不可能である。

たしかに、その漿液は腐り、変質していたに違いなかった。

もっともそうだからといって、すぐ、牛痘苗として無効だとはいいきれない。腐敗しようが、変性しようが、牛痘に必要なのは、それについている病原菌であって、それさえ生きていれば、他はいくら腐敗してもいいのである。

だが天然痘の病原菌であるウイルスが、一ヵ月余も、密封されたガラスビンのなかで生き続けることは、まず不可能である。これも、ウイルスは生体組織でしか増殖しない、という現代の医学の知識をもってすれば、すぐわかることである。

しかし当時は、天然痘の病原菌がウイルスなどということは無論知らなかったし、それがどういう状態で生き続けるものかも、わからなかった。船旅で一ヵ月かかろうと、二ヵ月かかろうとも、とり寄せて接種さえすればいい、と単純に考えたのである。

こうなると問題は、漿液をいかに採取したと同じ状態で持ってくるか、の一点に絞られることになる。

モウニッケによれば、初めはかなり大量に持ってきたはずだが、途中で乾燥して、次第に減ってしまう、というのである。

無理もない。いかにガラスビンに密閉しておいても、液体成分は次第に蒸発してしまう。

「栓のまわりに、漆《うるし》でも塗りつけてはいかがでしょうか」

良英がいう。そうしたら、わずかな空隙が埋まり、蒸発しないのではないか、というわけである。

「たとえ液が残っていても、長旅の間に、液のなにかが変るのではないでしょうか」

泰真がいう。たしかにそういう見方も成り立つ。

「いま一度、新しいのをとり寄せてみてはいかがでしょう」

「しかし、船旅の日数が縮まらぬかぎり同じではないか」

泰真の意見に良英が反駁《はんばく》する。たしかにそのとおりだが、それにかわる名案はない。

だがこのまま放置しておくわけにもいかない。藩ではすでに、宗建が直正公に献策して、バタビアからとりよせた漿液が、なんの効き目もなかったことから、宗建を、紅毛医師に踊らされているまやかしの医師だ、とあからさまに非難する者もいた。

とり寄せるに当って、オランダ商館とモウニッケに、三百両からの大金を払っただけに宗建への風当りは強くなっていた。とくに漢方医達は、もともと牛痘法には消極的だっただけに、これを機に、宗建一派を藩医の地位から追い落そうとする策謀もあった。

「どうしたらよろしいでしょうか」

良英が指図を仰ぐように宗建を見た。

が、宗建とて名案はない。

「いま少し考えよう」

残念ながら宗建も、いまはそう答えるより仕方がなかった。

四

それから三日間、宗建は夜も眠らず牛痘のことを考え続けた。二日目には陶匠や大工を呼び、長い間密閉したまま、漿液が腐らず、蒸発もしない容器はないかと尋ねてみた。

だが彼等は首を捻《ひね》るばかりで、もしそんなものがあったら、自分達のほうで教えてもらいたいというありさまである。

とにかくバタビアでは遠すぎる、もっと近い中国からとり寄せることはどうかと考えたが、彼の地には信用のおける医師はいないし、その船旅にしたところで半月はかかる。

宗建はなお考え続けた。

漿液に時々、水を補給し、乾燥を防いだらどうか。それは一見うまくいきそうだが、水をくわえたのでは漿液はやはり変性してしまう。細菌の活力を保つのに、水分の蒸発したぶんだけ、単純に水を追加すればいい、という理屈にはならないのである。

悶々としたまま、三日目の夜、宗建はようやく一つのことに思い当った。

牛痘は人から人に伝えられる場合には生きていく。

すなわち一人の児に植え、うまく感染した場合、腕に軽い発赤と水疱ができる。

この善感染した児から漿液をとり、また他の児に移せば、さらに生きていく。要するに、痘苗は児から児に伝えるかぎりは、絶えることなく生き続けていくはずである。

この理屈を応用すれば、何人もの児に順に接種していけば、一ヵ月後でも二ヵ月後でも、純粋の痘苗を運んでこられるという理屈になる。

「なんだ……」

宗建は床のなかでつぶやいた。

考えてみると、そんなことは初めからわかっていたことである。わかっていて気付かなかったのは、痘苗を運ぶことと、牛痘をうつすこととは別だと思っていたからである。

運ぶというと、すぐ乗物や船を考えるが、人の肌から人の肌へ、という運び方もあるのだった。

「よし」

宗建は闇のなかでつぶやいたが、すぐ第二の難問が彼の頭に寄せてきた。

種痘は接種してから三日目くらいが最高潮で、発赤し、水疱をつくるが、五日目ころには消退し、七日目くらいには、ほとんど痂屑《かさぶた》だけになって消えてしまう。水疱の漿液をとって、次の児に移すとなると、三日目か、遅くとも四日目くらいには、漿液をとって次の児に移さねばならない。

要するに、一人の児で持続していられる日数は、せいぜい三日から四日である。

これでバタビアから長崎までの船旅の期間、約四十日間を割ると、十から十二、三人の児が必要だということになる。

しかもこれは一人から一人へ、確実に善感染するという条件の下でのことである。途中でもし、一人でも失敗したら、それまでの努力は無意味になってしまう。

しかし失敗の確率を下げることは可能である。すなわち感染させるのを一名でなく二名ないし三名の児に同時に接種していけば、安全だということになる。

もっとも船旅の途中で、子供達が下痢を起したり、発熱がおきたりしたら、種痘はできないことになるからその危険を見越すと、最低三十名近くの子供が必要だということになる。

「三十名か……」

宗建は闇のなかでまたつぶやいた。

これだけの子供をどうやって集めるか、考えてみると、これは容易なことではない。

ただ行儀作法とか、学問を教えるというのではない。まだ一般の人達にはなにものとも知れぬ牛痘を接種するのである。

先に試みた二児は、父親がオランダ通詞ということで、まだ理解があったが、一般の人達はなにもしらない。牛の天然痘の汁を人間にうつすために子供を提供せよ、などといったらみな尻込みしてしまう。そんなことで天然痘にかからなくなる、といっても容易に信じない。

実際、二人の通詞の児に接種した時でさえ、伝えきいた人達は、オランダ魔法をかけられるのだ、といって憐れんだほどである。

いかに説得したとしても、三十名もの児を集めるのはまず不可能に近い。

いっそ、人買いにでも頼もうか。

町人や百姓家には、貧しくて口減らしに子供達を出したい家が結構ある。そういう児をいくらかの金を出して、狩り集めてはどうか。

だがたとえ子供が揃ったところで、難問はまだある。

はたしてそれだけの子供達をどうやってバタビアまで運ぶのか。いや運ぶだけではない、その子達をまた連れ戻してこなければならない。

三十人の子供を連れて、六千余キロの海を往復するのは容易なことではない。

まずそれには船がいる、日本を出て、バタビアに行き、またすぐ戻ってくる、そんな船便があれば好都合である。

あるかないか、それはわからぬが、たとえ運良くあったとしても、三十人からの子供を連れて、二ヵ月から三ヵ月の船旅をするには、当然世話係が必要である。

それも四、五歳から、せいぜい七、八歳までの子供ばかりだから、食べものから着るものまで、すべて手がかかる。たとえ充分食べものを与えたとしても、故郷や母親恋しさに泣き出す者もいよう。これらをなだめすかし、世話をやくことになると、女がいなければならない。それも五、六人は必要になる。

これに種痘する医師として、自分と大石良英らがついていったとして、総勢四十名近い大世帯となる。

この人数で往復一万数千キロにおよぶ旅である。

一口に往復一万数千キロといっても、日本国内を行くようなのとはわけが違う。

途中では宗建さえ体験したことのない暑熱地獄だという赤道があり、食物も変る。

しかもその大半は船旅である。子供どころか、付添いの者達まで船酔いに悩まされたり、単調な旅に気が狂う者が出たりするかもしれない。

いや、それどころか、運悪く嵐にでもあって遭難でもしたら大変である。

当時のバタビアへの旅は、まさに生き別れに近い大変な決心のいる旅であった。

たとえ子供が集まったとしても、一緒に行ってくれる女達がいるか、そして自分自身が藩医を一旦、辞して、三ヵ月も四ヵ月も、そんな仕事にかかりきることが許されるか。

考えれば考えるほど、難問が出てくる。

だがいくら難しいからといって、それであきらめることはできない。

わが国に良好な牛痘苗を持ってくることは、絶対に必要なことである。

困難だとはいえ、かすかな曙光《しょこう》はある。

「出来ぬわけではない」

宗建は自分にいいきかせて明方、浅い眠りについた。

五

宗建の懸命の努力がはじまったのは、その翌日からである。

朝、起きるとすぐ、大石良英と鈴木泰真を呼んで、昨夜寝ながら考えたことを話してみた。二人は初め夢物語でもきくように、呆気《あっけ》にとられていたが、宗建のいうことが本気だと知って、改めて坐り直した。

「とにかく、いかなる難事があっても、これだけはやり遂げねばならぬ」

「しかし子供を集めるに人買いは、公儀に反することかと思いますが」

良英が遠慮しながらいった。

「むろん、非道のこと、表向き許されることではない。しかしわれわれのおこなおうとしていることは、別に金でその子の一生を縛るというわけではない。数ヵ月、われわれに従って船旅をしてもらうだけのことで、帰ってくれば直ちに家へ帰す。金子《きんす》はその期間、親元を離れるための慰め料というわけで、人買いとはわけが違う」

「お言葉を返すようですが、彼の地のバタビアまで連れていくとなると、もはや生きては会えぬ、子供は捨てたも同然と親は考えるかとも思いますが」

「そういう親にはよく説得するのだ。いまや大船が出来て、この地球上どこまででも行けるのだ。地球の果てのオランダ、ポルトガルからでさえ人が来る時代ではないか」

二人はうなずいたが、それを一般の人々へ説得する自信はない。バタビアへの旅が安全などとは彼等自身でさえ思ってはいないのである。

「金子を与えたうえ、天然痘にならぬよう、牛痘をしてやるというのだ、こんな好条件な話は滅多《めった》にないだろう」

宗建はその骨ばった顔にかすかな笑いを浮べた。

たしかに理屈はそうである。だが現実に説得するとなると、いかにも難しい。

「子供はなんとか集まるとしても、それに付いていく女達は、どういたしましょう」

「これにももちろん報酬を払わねばなるまい。しかし天草や五島の女達は支那やシャムへはよく行くときいておる。それらの者に話しかけてはどうだ」

「しかしそのような仕事では……」

「いやと申すならわれわれの妻女を連れていくだけだ」

その一言を聞いて、良英達は改めて宗建の決意の強さを知った。

「女人と子供と、それにそれらが食べる食料など含めると、大変な金額になりましょう」

「もちろん」

「それに船賃も……」

それは一体どれくらいになるものか、宗建にも見当がつかない。

しばらく沈黙のあと、良英が尋ねた。

「それらのお金はどこから？」

「むろんお願いする」

「殿に……」

「そうじゃ」

宗建は少し怒ったように答えた。

このことは所詮《しょせん》、直正公に内密でできることではなかった。もしそうときまれば、宗建達も一旦、お暇をいただいて船に乗らなければならない。

この仕事だけは良英や泰真に任せるというわけにはいかない。長い船旅であろうが、危険であろうが、宗建自身が同乗して、自らメスで接種するのでなければ納得できない。

「殿はお許しになるでしょうか」

「わからん、わからんがやるより仕方がない、そうだろう」

「はい」

宗建の強い調子に二人は思わず頭を垂れた。

「なんとしてでも新鮮な痘苗を持ってくるのだ。そうしなければ、また何十万という子供達が死ぬ憂《う》き目《め》にあう」

すでに若狭のあたりでは天然痘が流行しだしているという情報があった。どういうわけか、天然痘は冬に流行するが、今年はまだ十月だというのに早くも動きだしている。

若狭から山陰路のほうにでも広まれば、九州まで渡るのはすぐである。

「とにかくやるのだ」

もう一度、宗建は自分にいいきかせるようにつぶやいた。

宗建が自ら、その計画を直正公に申し出たのは、それから三日経った十月の半ばであった。その時、直正公は丁度下痢で、宗建の煎《せん》じた五苓散を服んでいたところだった。

薬を調合してから、宗建が機を見ていってみると、直正公は脇息にもたれたまま黙り込んでしまった。

「いかがなものでしょうか」

宗建がしびれをきらしてもう一度きくと、直正公は静かにいった。

「面白い考えだが、無理であろう」

「何故《なにゆえ》でしょうか」

「いかな佐賀藩とはいえ、公儀に背《そむ》くわけにはいかぬ」

「しかし子供はいわゆる人買いではございませぬ、あくまで一時の借り料として、支払うということでございます」

「子供のことはなんとかなる、問題は女だ。女を連れていくのはまずい」

「しかし天草や五島の女達は、現に支那や琉球、シャムへ行っているとききますが」

「たしかにそういう者がおるかもしれぬが、それはあくまで忍びだ。もしそんなことでもして公儀に知れては、ただでは済まん」

たしかに当時の鎖国政策の下では、女の出国は厳しく禁じられていた。男もよほど特別の、公儀の用件でもなければ出国はできない。

もとより宗建はそういう掟を知らなかったわけではない。鎖国とは、入国も出国も、ともに禁ずるということである。簡単な理由では、とてものことに日本を出ることは出来ない。

だが今回は普通ではない。新鮮な牛痘苗を持ってくるという立派な理由がある。人々の命を救うためである。そのあたりは説明すれば、わかってくれるだろうとたかをくっていた。直正公なら、なんとか、察してくれるだろうと期待していた。

「どうにもなりませぬか」

「出国を禁ずる掟に例外はない。一例を許せばまた一例が増える。よって一例たりとも許さないというのが公儀の方針だ」

「しかし、そうしなければ痘苗が……」

「わかっておる、わかっておるがどうにもならぬ」

直正公にそういわれたのでは、宗建としても打つ手がない。

「宗建、そちの苦心はわかるが、もう少しよい知恵はないか」

「……」

「公儀に反せず、向うからとり寄せる、その方法を考えよ」

それだけいうと、直正公は湯を呑み干し、奥の間へ去っていった。

六

再び宗建の悶々たる日々がはじまった。

漿液をとり寄せるのは駄目、児を連れていって継続的に接種するのも駄目となると、あとはなにがあるのか。とにかくこちらから出かけていくわけにはいかない。向うからとり寄せる方法で名案はないか。

やがて年の暮となり、モウニッケがバタビアへ帰る日が近づいていた。

痘苗を頼むならいましかない。彼なら一応、気心も知っていて頼みやすい。

若狭に起った天然痘は、山をこえて、ついに京滋にまで広まったという。京に入れば、交通の頻繁《ひんぱん》なところだから、たちまち全国に拡がるかもしれない。

もはや猶予《ゆうよ》はできない。焦りのなかで、宗建は考え続けた。

「長い船旅にも、乾燥にも変らぬもの」

一日中、宗建はそれを呪文のように唱えていた。

十二月の初めであった。短い日はすでに翳《かげ》り、西に面した障子の一角が夕日に赤く浮き立っていた。

一日中家に閉じこもっていたせいか、宗建は軽い頭痛を覚えて、表通りに面した診療室に行った。そこはすでに午後の診察を終えて人気はなく、右手に大人の背丈ほどある薬簞笥《だんす》が斜陽を受けて並んでいた。

宗建はその中段の、桂枝加桂湯の引出しをあけると、そこから小匙《こさじ》で粉末をとり出した。そのまま湯に掻いて溶かすと、頭痛によく効く溶液ができる。

粉末を持って診療室を出ようとした時、宗建はふと、右の板の間の端に膿盆《のうぼん》が置いてあるのを見た。

膿盆といっても、現在のように金属製ではない。陶器でできて底がどっしりしたドンブリのような形をしている。

診察の最後に、傷のある患者でもあったのか、膿盆に薄く血の滲んだ布と紙がおし込まれている。いつもは小女が、診療所を掃除したあと、これらを裏庭の土の穴のなかへ埋めるのだが、今日はなにかの都合で忘れたのかもしれない。

「困った奴だ」

宗建はつぶやきながら、その膿盆を取ろうとした時、白い和紙のうえに拇指《おやゆび》大ほどの痂屑《かさぶた》があるのに気がついた。

脚か腕にあったものが、ぶつかった拍子にでもとれて、そのあと血が出たのかもしれない。

宗建はそれを取り除かせようと、小女を呼びかけて、立ち止った。

「待てよ」

眼の前に平たい痂屑が弱い西日を受けて、茶褐色に輝いている。

宗建が何気なく、種痘のことを思い出したのは、その時である。

これを利用できないものか……

長い船旅にも、乾燥にも変らぬもの、それは痂屑が最適ではないか。

痂屑なら何日放っておいても痂屑である。そのまま大きくも小さくもならない。それに乾燥にも強い。痂屑自体が傷が癒えたあとにできて乾いたものだから、強いのは当り前である。

「これだ……」

宗建は一旦、手にした膿盆を置くと、そのまま書斎へ戻った。

早速、蔵書のなかから大和綴の『種痘心法』という一冊をとり出す。この本は、清の乾隆帝のときに完成した医学全集ともいうべき『医宗金鑑』のなかの、種痘に関した「種痘心法要旨」の部分だけを日本語に翻訳したものである。

この本が出版されたのは安永七年（一七七八年）だから、宗建の生れる二十四年前に出されたことになる。こういう古い本がきちんと残っていたのは、宗建の父、栄哲も医師であったからである。

　宗建はこの本をかつて一度読んだことがある。中国における種痘への考え方から、実際の手技までくわしく書かれているというので、かつては天然痘を治そうと試みた医師達が貪《むさぼ》り読んだ本だときいた。

　だが正直いって、宗建はこれを一度読んで失望していた。本にはたしかに種痘のやり方が、ことこまかに書かれていたが、すべて人痘接種法についてばかりである。

　中国では人痘法がすでに宋の時代にはじまり、その後一旦、すたれたが、清の時代に再び脚光を浴びて広く行われるようになっていた。

「種痘心法要旨」も、この流行によって出来たものである。

　しかし人痘法が危険なことは前に書いたとおりである。

　日本では筑前の緒方春朔などが、この方法で成功をおさめたが、その後、かなりの失敗例もでて普及しなかった。そのうち牛痘法が発見されて、革新的な医師は、人痘法にはもはや見向きもしなくなっていた。

　宗建も同様である。父栄哲を師として漢方を習い、医師として身を立てたが、長崎にいた関係もあって、早くから蘭学に接する機会をえた。蘭書を読み、シーボルトに近づいてからは、むしろ蘭方医に近い。

そんなわけで、種痘に熱中してからは、人痘のことは忘れ、牛痘ばかり求め続けてきたのである。

それがいま突然、人痘の原書ともいうべき『種痘心法』を読もうと思いたったのは、ほかでもない、そのなかに、痂屑に関係あることが書いてあったのを思い出したからである。

宗建は慌しく頁をめくっていった。五百ページはあるその部厚い本の中程に「人痘接種四法」という項がある。

人痘接種法の具体的なやり方である。そこには、

一、痘粒の漿をとりたて之を植える法。
二、痘児の衣を服して之を植える法。
三、痂屑の乾いたもの即ち旱菌《かんきん》を鼻孔に吹き入れて之を植える法。
四、痂屑の湿ったもの即ち水菌を鼻孔に納め入れて之を植える法。

の四つが書かれている。

第一の方法は、天然痘にかかった子供の皮膚に、粒状に出来た水疱をつぶして、なかから漿液をとり出し、これを健康な児の皮膚にすりつける方法である。

ドクトル・モウニッケが持ってきたのも、この漿液だが、牛痘にかかった子供の漿液で、人痘にかかったものではないところが違う。

第二法は、天然痘にかかった子供の服を借りて、これを健康な子供に着せておくやり方である。こうしておくと健康児は軽い天然痘にかかって免疫をうる、というのである。

第三の方法は、天然痘の患者から痂屑の乾いたのをとり、これを健康児の鼻の粘膜に吹きつけてやるという方法である。

天然痘にかかると、まず初めは、麻疹《はしか》のような高熱に襲われ、その後三日目ぐらいで一旦、熱が下るとともに全身に発疹《ほっしん》が現れてくる。この発疹は初めは赤いが、やがてエンドウ豆大の暗赤色となり、円錐状となり、一週間目ぐらいから、中央に小さい水疱ができてきて、中央が陥んでくる。

やがて八日目か九日目から、この水疱は濁りはじめ、いわゆる化膿期となる。

このころから再び熱が出はじめ、多くはこの時期に意識が混濁し、気管支内発疹とか、敗血症を起して死亡する。

幸いこの時期をきり抜けて十一日から十二日目になると、熱は下りはじめ、発疹は乾燥してくる。そのあと痂屑は落ち、熱は完全におさまるが、全身にできた発疹のあとは、それこそ月の表面のような痘痕《あばた》になり、これは一生消えない。こうなっては、女の子などはなかなかお嫁にゆけない。

この治癒直前の、脱落期の痂屑を利用しようというわけである。

第四はこの痂屑のやや早めにとったもの、まだ少し膿汁などがついているのを、やはり鼻の粘膜につけようというわけである。なんとも不潔な、乱暴きわまりない方法だが、このやり方には、当時からかなりの批判があった。

事実、これを書いた著者自身が、その経験から、第四法が最も優れているとし、第三法はこれに次ぐが、第二法は効果はほとんどないといい、第一の方法は甚だ残忍な方法であると、自ら否定している。

しかしそれにしても第四法で、首尾よく免疫をえられるのは、せいぜい五割で、他はかえって本物の天然痘になって死亡するか、まったく免疫をえられないかである。

宗建がこの種痘法を再確認したのは、いまからそれをやろうと思い立ったからではない。

彼の狙いは別にあった。

痂屑に、はたして感染させる能力があるかないかの確認である。

もし乾いた痂屑に依然として病原菌が棲んでいて（当時は病原菌という考えはまだ一般化していなかったが）、それが病気を伝える力があるとしたら、バタビアからなにも漿液を持ってくる必要はない。

乾いていて、長い時間にも変質しない痂屑を持ってくればいいということになる。

ところで、この『種痘心法』の手技を読めば、これがかなり有力なことがわかってくる。どちらかというと、湿った痂屑のほうがいいようだが、乾いたものでも、かなり感染能力を持っているらしい。

一見、何の変哲もない、脱け殻同然のように見える痂屑のなかに、立派に細菌が生きているらしいのである。

「よし」

宗建は行灯《あんどん》の下で端座したまま、一人でつぶやいた。

ドクトル・モウニッケに、痂屑を持ってきてもらうように頼んでみよう。

宗建はそう腹を決めると、ようやく夕餉《ゆうげ》の仕度のできている茶の間へ向って、立ち上った。

七

「牛痘接種のあとの痂屑を集めてきてもらいたい」

宗建からの申し出を受けた、ドクトル・モウニッケは一瞬、わけがわからぬ、といった顔をして宗建を見た。漿液とか体液ならともかく、痂屑をくれ、などときいたのは、はじめてだったからである。

「痂屑なら初めから乾いておるし、長旅でもほとんど変らない。しかもそれで感染させることもできましょう」

宗建の説明をきいて、モウニッケはようやくうなずいた。

モウニッケは大男の多いオランダ人のなかでも比較的大柄で、肩幅もがっしりしている。その男が、

「ワカリマシタ」

といって、突然、毛むくじゃらの手を差し出してきた。

「アナタノカンガエ、スバラシイ」

数多くの種痘を見てきたオランダ医師も、痂屑を運んでくることまでは、思いつ

かかったのである。

だがこのことは考えてみると簡単なことであった。

一軒の家に一人の患者が出て、奥座敷に閉じ込め、食事以外は誰も接しないようにして、なんとか命をとりとめ、痘痕だけ残して治ったと思ったころに、また別の家族が天然痘にかかる。こういうのは、痂屑が仲立ちしていることの証拠でもある。落屑《らくせつ》したとはいえ、その児の寝ていた布団や、衣類にはなお痂屑が残っている。病気がうつるのは、おそらく、これが別の児の肌身についたり、塵のなかで吸い込まれたりするからに違いない。

素直に考えてみるとわかることである。

だが、これもコロンブスの卵に等しい。いわれてみると、なあんだ、ということだが、初めに気が付くのは容易なことではない。とくに難解なものならともかく、痂屑という地味な、屑同然のものだけに、それを集める、という発想は生れてこない。

「カサブタ、ホトンドオカネ、カカリマセン」

たしかにモウニッケのいうとおりである。種痘のあとの痂屑をとられて文句をいう人はいないだろう。

「ワタシ、タクサンアツメテ、オクリマス」

モウニッケは快く承諾してくれた。

だが宗建にはなお心配があった。

たしかに痂屑は長い間、変質しない。安定しているように思えるが、そのなかに潜む感染能力も変らないものだろうか。

これまでの天然痘の拡がり方からみて、十日や二十日間ぐらいは菌が残っているようだが、一ヵ月や一ヵ月半も経っても、まだ生きているであろうか。日本に着く寸前に感染する力が失われるというのでは困る。

『種痘心法』などからみて、どうやら乾いているのより、湿っている痂屑のほうが有効らしい。とすると、乾くに従って、着実に感染する力は弱まっていくのではないか。

どうしたらより長く湿った状態で、運んでくることができるか。

考えた末、宗建がつくり出したのは、やや広型のガラスビンの底に、水を含ませた綿花を敷く、という方法である。

こうして、その上に痂屑を和紙に包んで置く。

もちろん栓は密閉するが、時々、なかを見て、綿が乾きかけていたら、また水を浸す。

　こうしておけば、ビンのなかはいつも湿気が保たれて、痂屑は乾くことがない。

　さらにモウニッケには、採取する痂屑は、なるべく早い時機に採ってもらうように頼む。

　種痘のあと、痒《かゆ》くなって自然に落屑するのを待つのでは乾きすぎてしまうかもしれない。少し乱暴だが、まだ肌にべたりとついていて、剝がすと内側に膿汁や血液がついている、それぐらいのものを集めてもらいたい。

「ワカリマシタ、イッショウケンメイ、ヤッテミマショウ」

　面倒な要求だが、モウニッケは納得してくれる。彼自身もこの痂屑の結果には興味があったのである。

　かくして、痂屑受渡し依頼の旨が、正式に直正公からオランダ商館長レフィソウンに宛てて出された。まことに奇妙な依頼だが、依頼するほうもされるほうも大真面目であった。

八

待望の痂屑がバタビアから長崎に着いたのは、翌嘉永二年の七月であった。依頼してから、約半年経っているが、これはモウニッケの日本滞在が長びき、さらに現地からの予定の船便が遅れたからである。

痂屑は宗建が依頼したとおり、高さ一尺ほどの木箱のなかのガラスビンに、和紙で包まれ、その底には水が滲みた綿が敷かれていた。

それが出島商館長をとおして、丁重に宗建に渡される。

痂屑とはいえ、まさに宝物のような扱いである。

受け取った宗建はただちに、これを家へ持ち帰ると、痂屑を薬用椀のうえに移した。

大きいのは小指の爪ほどのものから、小さいのは鼻糞ほどのものまで、大小とりまぜて約二十箇近くある。いずれもバタビアの子供の肌から、モウニッケが取って、集めてくれたものに違いない。

かねてから宗建は、この痂屑を受け取ってから接種するまでのことを考えていた。

種痘接種法について、宗建がこれまで知っているのは、水疱からえた漿液を、刀傷のついた肌にすりつける、といったやり方だけである。

これで充分だと、シーボルトもモウニッケもいっていた。

だが運ばれてきたのは痂屑である。漿液とはかなり様子が違う。

これをどうすればうまく肌に植えつけられるか、この点については、まだ誰も試みたものはいない。

人痘法では、すでに『種痘心法』でみたように、鼻の粘膜に痂屑をすりつける、という方法が書かれている。この方法を応用すれば、牛痘も同じ要領でいいかもしれない。

だが乾いた痂屑では、かなり効果が薄いとも書かれている。出来れば湿ったほうがいいといわれている。

バタビアから届いた痂屑は、たしかに湿ってはいる。

だがそれは、水を含ませた綿花のおかげで、痂屑の裏についていた漿液や血液が、採取された時と同じ状態で残っているかというと疑わしい。見かけ上は湿っていても、普通の水がついただけというのでは無意味である。

それに方法として、痂屑を鼻の孔に吹きつけるというのは、いかにも幼稚である。

吹きつけて、うまく鼻粘膜についていればいいが、子供のことだから、むずがゆくなって、嚏《くしやみ》をしたり、鼻汁を出して、すぐ離れてしまうかもしれない。ジェンナーが皮膚の切り創《きず》に、直接、漿液をつけたのは、こうした欠点を改良した意味もある。とにかく、ようやく手に入れた痂屑だから、失敗しないように、慎重に扱わなければならない。

数日考えた末、宗建は痂屑を三種類に分けることにした。

まず一つは、痂屑を送られてきたままの状態にしておく。

次は、痂屑を乳鉢で摺《す》り潰し、これに水を少しくわえ、泥状にする。

三番目は、痂屑を温湯に浸しておく。

この三種類に分けて、そのおのおのを植えこみ、結果をみようというわけである。

宗建らしい、いかにも慎重なやり方である。

もっとも、いまなら痂屑を溶かす時、普通の水など使わない。血清とか、リンゲル氏液のような、体の成分に近いものをつかうだろうが、当時はまだ体液の組成に近いリンゲル氏液など出来ていなかった。

ともかく痂屑の処理はきまっているから、あとは種痘を受ける子供である。

今度こそはと、宗建はかなり自信があったが、やはりすすんで種痘を受けるという勇気のある子はいない。いや子供ではなく、この場合は、子供に受けさせる理解ある親がいないのである。

仕方なく、今度も自分の息子の建三郎と、前にためして失敗したオランダ通詞末永栄助の子と、西慶太郎の子の三人にすることにした。七月十七日、宗建は紋付羽織袴に威儀を正し、奥の座敷で三人の子を並べて順に接種した。

まず初めに受けたのは建三郎である。六歳とはいえ、すでに二度受けているので怯《おび》える気配はない。母の膝に抱かれて片肌脱ぎ、左の腕を父にあずける。

宗建はその細い上膊《じょうはく》をゆっくりとアルコールで拭いたあと、小刀を抜くと、祈るようにその腕に一礼した。

「よいな」

息子にいいきかせるように一言いうと、真白い肌に小刀の先を立てる。右斜めに三回、左斜めに三回、刀が走るとそのあとに赤い筋ができ、やがてうっすらと血が滲んでくる。

建三郎は少し蒼ざめた顔を横にそむけたまま、しっかりと唇を嚙んでいる。

長さ五分ほどの刀傷が六本、井げたのように交叉したところで、宗建はあらかじめ乳鉢にといてあった、どろどろの痂屑を、薬匙ですくい、それを赤い傷口へ摺りつけた。

四回、五回と、念入りに摺りつける。その一回、一回に、善感染への祈りがこめられている。切り傷に痂屑が摺りつけられるその痛みに耐えながら、建三郎は涙一つ流さず、前方を睨んでいた。

「よし」

七回ほど、摺りつけたところで、宗建はつぶやくと、自分から白布でその上をおおった。

続いておこなわれたのは、末永栄助の子栄作である。この子には痂屑を温湯に浮して出来た抽出液をすりつけた。

三番目の西慶太郎の子の大平には痂屑そのものを塗りつけた。

三人とも痛さをこらえながら、誰も涙を出す者はいなかった。

半刻で、三人の種痘は終った。

良英はじめ、見学していた者のなかから、小さな溜息《ためいき》が洩《も》れた。

はたしてつくか、もしつかなければ今度こそ、宗建は直正公に、なんらかの申し開きをしなければならない。

はじめの漿液のとり寄せといい、今度の痂屑の場合といい、送ってもらったものは他愛ないとはいえ、そのために商館長やモウニッケに、藩から五百両近い金子《きんす》が出されていたのである。

九

一日、二日と、宗建はじりじりしながら待った。

もしうまくついたとして、皮膚に変化が現れてくるのは三日目ごろからである。

三日間、宗建は食を絶ち、神仏に祈り続けた。

三日目、宗建ははやる心をおさえて、三人の子供を奥座敷に集めた。

良英や泰真ら、子の親達が息を潜めて見守るなかで、まず西慶太郎の子から包帯が解かれた。

白い布が落ちる。そこに黒い痂屑が残っている。三日前、摺りつけたあと、包帯のなかに残しておいたものである。

宗建が祈るように、その痂屑に触れる。

乾いた痂屑は、そのままぽろりと落ち、あとはなにもない。白く平坦な肌だけである。

「はあ……」

一瞬、失望の溜息が部屋に洩れる。宗建はなお、たしかめるように腕の一点を見詰め、それからまた丁寧に白布をまき直す。

二番目は末永栄助の子である。四歳だというが体つきはがっしりして、頭は福助のように大きい。

痂屑を浮せた液を摺りつけた子である。

前と同じように宗建がゆっくりと白布を開いていく。

みなの顔が一瞬、子供の一点に集中する。

「あっ……」

また低い溜息が洩れる。

白い肌には、三日前につけられた刀傷が六本、残っているだけで、他にはなにもない。

生命力旺盛な子供のせいか、その刀傷さえはやくも治りかけている。

誰もなにもいわない。だがその沈黙のなかに失望がある。

人々の視線のなかで、宗建はまたゆっくりと白布を巻き直していく。一見したところ淡々としているようで、その眼差しには、動揺を必死におさえている苦しさがあった。

「建三郎」

宗建が呼んだ。妻の茂代が一礼し、建三郎を膝の上にのせる。

「うむ」

息子が片肌脱いだところで、宗建はその腕をとらえた。

同じように白布を解いていく。最後の一巻きが解け、人々の視線が一斉に、その一点に向けられる。

黒々と泥をのせたように見えるのは、痂屑をとかした粒である。

宗建がゆっくりとそれを払う。

「おっ」

宗建が唸るのと、良英が叫ぶのが同じだった。

「ついております」

それと同時に、うしろに控えていた者達が、一斉に前にいざり寄った。

交錯した刀傷の上は、赤くかすかに盛りあがり、中央にはうっすらと水疱さえ出来ている。

「間違いないですね」

良英の声に、宗建がゆっくりとうなずく。

「先生……」

良英と泰真が両側から、宗建の手を握る。両手をとられたまま、宗建の眼にかすかに涙が浮んでいる。

「善感染だぞ」

みなに報《しら》せようとして、他の門人が廊下に出て叫んでいる。

「おめでとうございます」

妻の茂代が深々と夫に頭を下げた。

「うむ」

「建三郎殿、お手柄じゃ」

良英達が建三郎の頭を撫ぜる。だが宗建は一度、建三郎を見てうなずいただけで、すぐ西慶太郎と末永栄助のほうを振り向くと両手をつき、

「ありがとう」

と礼をいった。

実際、三人のうち、建三郎にだけ善感染したのは、なにも建三郎の手柄ではなかった。

痂屑を直接すりつけるのと、泥状のをすりつけるのと、抽出した液を塗るのと、三法のうち、第二法が最も有効であった、というだけのことである。

失敗に終ったが、他の二人の子供もいなければ、今回の成功はえられなかった。

ともかく、これで完全な牛痘の痘苗ができたわけである。あとは建三郎の左腕の水疱から漿液をとり、他の子に伝えていけば、どんどん増えていく。

事実、宗建はその翌日に早くも、建三郎の水疱を破り、その漿液を新たに通詞の子、二人に植え、さらに近所の子供三名に植えていった。

いずれも期待どおりの善感染で、しかも接種した箇所が腫れただけで、本ものの天然痘になるものは一人もいなかった。

種痘成功の報をきいた直正公の喜びは大きかった。

一ヵ月後に宗建は大石良英とともに佐賀に招《よ》ばれ、そこで直正公の長男淳一郎と、次男皆次郎の二人に接種するよう命じられた。

成功したとはいえ、まだ一般には南蛮魔法として怖れられていたものを、自らわが子に接種させた直正公の勇断は特筆に価いする。

この二君とも見事善感染したが、淳一郎はのちの第十一代藩主直大《なおひろ》公となり、皆次郎はのちの蓮池《はすのいけ》藩主直柔公となった。

藩主の嫡子にさえ行ったというのだから、あとは一気に拡がる。

佐賀藩の子供達はもとより、やがて九月下旬には、広島、長崎に広まり、十月には福井、さらに大坂というように拡がっていく。

全国の革新的な医師は次々とこれを伝えきき、十一月には、ついに江戸で伊東玄朴がはじめておこなった。このあとは加速度的に全国に拡がり、安政五年五月に、ついに神田お玉ヶ池に、幕府公許のお玉ヶ池種痘所が設立されるまでに至った。

この時、一八五八年、ジェンナーがフィップス少年に接種してから、約六十年の年月が経っていた。

楢林宗建はその後、痘科を確立し、嘉永二年十月には『牛痘小考』なる本を著《あら》わし、さらに『羅甸《らてん》薬名解』、『瘍医《ようい》方函《ほうかん》』、『外科瑣言《さげん》』、『楢家《ゆうけ》煉膏書《ねりこうしょ》』など、さまざまの本を著わした。

さらに医学のみならず、西洋砲術、大砲鋳造、航海術、物理・化学、工芸・博物など、多方面に活躍し、佐賀藩のみならず、日本全体の洋学の祖として、栄光に満ちた後半生を送った。

だがそんな宗建が最後まで愛したのは、「かさぶた宗建」という綽名《あだな》であった。藩主さえ一目おくという博識の宗建が、その綽名をきいた時だけ、頬骨の張った顔を和らげ、

「そうじゃ、俺は痂屑のように長持ちする男じゃ」

といって、悪戯《いたずら》っぽく笑うのだった。

参考資料・小川鼎三著『医学の歴史』中公新書

（講談社文庫『長崎ロシア遊女館』に収録）

解説

菊《きく》池《ち》　仁《めぐみ》(書評家)

まず次の文章を読んで欲しい。

「私は、長年自分の仕事も投げうち、家産も投じて必死の覚悟でこの種痘法に努力して参りました。それは、また年が明ければ多くの嬰児が天然痘で死ぬことがあきらかで見るに忍びがたいからです。この上は、もはや藩などのお世話になどはなりませぬ。必ず自分の力だけでやりとげて見せます」

吉村《よしむら》昭《あきら》『日本医家伝』に収録されている「笠原良策」からの引用である。良策は種痘術が良法であることを庶民に訴え、藩の役人に書面で訴え続けた。ところが役人も藩も動かない。その間にも天然痘の流行は激しくなる一方である。遂に良策は憤りを抑えきれず、藩に口上書を叩《たた》きつける。前掲の文章はその末尾である。自分の身も家も危うくなることにためらいはなかった。良策は庶民の〈命を守る〉ために病気と闘った江戸の医師の一人である。

現在、新型コロナウイルスが猛威を振るい、日常生活が一変し、平常時にはなかった様々な現象が起きている。中でも注目されるのが、医療に携わる人々の、犠牲を強いられながらも、命を守るために日夜闘う姿である。

歴史を振り返ることに意味があるとしたら、志と精神の連続性及び知恵の集積であろう。笠原良策の言葉はその象徴といえる。本書はそういった時代を鑑み、江戸時代の〈命を守る〉ために様々な分野で活躍した医師の姿を集めてみた。

「衣替え」山本一力

山本一力『たすけ鍼《ばり》』の根強い人気の秘密は、主人公・染谷《せんこく》のキャラクターの魅力に尽きる。鍼灸《しんきゅう》師を営む染谷は、ツボ師の異名をとる名手。「医は仁術」と心得て、市井《しせい》の人々を癒《いや》し、人助けや世直しに奔走する。人と人との交流が濃かった江戸の町ならではの存在といえよう。そんな染谷に新たな光を当てたエピソードを盛り込んで綴《つづ》ったのが、続編『たすけ鍼《ばり》 立夏の水菓子』に収録されている「衣替え」である。

まだ十二歳だというのに、さゆりは身体中が黒い体毛でおおわれるという奇病を患っていた。なかでも下半部の恥毛は、男の月代《さかやき》よりも剛《こわ》い毛が生えていた。両親もさることながらさゆりの心情は察するに余りある。ここからさゆりと染谷の奇病との闘いが始まる。

作者は治療法で苦戦する染谷よりも、治療に耐える健気《けなげ》なさゆりの心の動きに軸足を置いて描いていく。つまり、「衣替え」ではさゆりの心に寄り添うのが染谷の治療法としてクローズアップされている。患者に寄り添うことの大切さが伝わってくる。「衣替え」という題名はその象徴ともいえる。作者の円熟が光る一編である。

「女牢」 藤沢周平

藤沢周平の人気シリーズ「獄医立花登手控え」の第一巻『春秋の檻』からの一編である。物語の発端を紹介しておくと、羽後亀田藩出身の若い医師立花登は、医師として大成する志を持って、江戸で開業している叔父の家に身を寄せる。ところが頼りにしていた叔父は酒に溺《おぼ》れ妻の尻《しり》に敷かれている。叔母とその娘にこき使われ下男扱い。加えて、小伝馬町の獄医まで引き受ける羽目となる。登にとってはあこがれていた環境とは大違いなのだが、この設定がシリーズの面白さを決定づけている。

第一に、命を守ることを志した青年医師の成長物語としたこと。第二は、獄医という立場で訳ありの囚人たちが抱える様々な事件と出会うことで、人生修業をすること。第三は、登は起倒流柔術の達人で、推理能力にも長《た》けていること。これらが融合することで第一級のエンターテイメントにしあがっている。

中でも「女牢」は異色の作品となっている。三年前に診察した男の女房が入牢《にゅうろう》してくる。その女房との交情が主筋となって展開する。

つまり、前掲の設定に加えて、登の人妻に寄せる思いが切なさを伴って迫ってくる。まさに名人芸である。

「名医」　宇江佐真理

作者には八丁堀の役人と組んで死人の検死ばかりを行っていた医師を描いた『室の梅　おろく医者覚え帖』があるが、ここでは『口入れ屋おふく　昨日みた夢』に収録されている「名医」を選んだ。理由は後程述べる。題名の口入れ屋とは現在の人材派遣業である。おふくは口入れ屋・きまり屋の番頭の娘で、店の手伝いをしているが、斡旋《あっせん》する女中がすぐ辞める、長続きしないなど、決まって訳ありの奉公先に行くことになる。物語は、そこでおふくが見聞きした家族の秘密や、内緒ごとに揉《も》まれることで成長する姿にスポットを当てている。

そこで「名医」だが、おふくの新しい派遣先は、近所の町医者・岸田玄桂の家となった。玄桂の母・玉江が捻挫《ねんざ》したため、女中依頼が舞い込んできたのだ。実は玉江のきつい性格から、女中が長続きしたことがない上に、医院のほうも閑古鳥が鳴いている始末。やっぱり訳ありである。

ところが玄桂の人柄に触れるに従い、閑古鳥が鳴いている背後にある、命を守ることと真摯《しんし》に向き合っている医師のドラマを垣間見ることになる。作者は問いかける。名医とは何か。これが選んだ理由である。それにしても作者の人間を見る目の確かさ、温かさに脱帽である。

「蜻火《かげろひ》」　藤原緋沙子

「藍染袴お匙帖シリーズ」は、「隅田川御用帳シリーズ」、「橋廻り同心・平七郎控シリーズ」に続く、三本目のシリーズで、前二作と同様、画期的な成功を収めた。要因は設定の巧さにある。「隅田川御用帳」では深川に縁切り寺があったという意表突く舞台装置を設定。「橋廻《まわ》り同心・平七郎控」では人生の縮図でもある橋をモチーフと使い、平七郎を橋廻りの役職としたことである。「藍染袴お匙帖」では主人公・千鶴を医者と設定。これだけでは新味に乏しい。千鶴の人物像に境遇と住家や町に対する愛着を付加することで独自性を持たせている。その象徴が藍染袴である。医学館の教授方であった亡き父の遺志を継いで女医者となった千鶴は治療院で治療するだけではなく、牢《ろう》屋敷の女囚の治療や、町奉行所から依頼された検死にも当たっている。医者としての活動範囲の広さが物語を豊かなものにしている。そこで遭遇する患者や囚人たちに起こった事件を解決していくというのが主筋となって展開する。

「蜻火」は新シリーズの第一弾ということもあって、作者の気合を感じさせる凝った造りとなっている。特に出だしの場面は秀逸の一言に尽きる。藍染袴の由来や家の佇まいを描いているのだが、千鶴の医者としての決意と、志の高さがひしひしと伝わってくる。特筆すべきは、千鶴が持ち込まれた白骨死体の顔の復元をする件《くだり》である。顔の復元により残された家族は陽炎《かげろう》のように揺らめくひとときの幸せを得る。妙手ともいうべき仕掛けで、読者は思わずその意外な展開に引き込まれていく。これがこのシリーズの原動力であり、長寿の秘訣《ひけつ》であろう。

「かさぶた宗建」渡辺淳一

作者の歴史時代小説は独特の風貌《ふうぼう》を持っている。最大の理由は医師という体験と密接に絡まっているからである。初期の代表作である直木賞を受賞した『光と影』も『花埋み』も医師らしいリアルで乾いたタッチの叙述にも拘らず、医師としての体験を止揚することで、描写に厚みと深みが加わり、独特の風貌を持つ表現となっている。

「かさぶた宗建」もそんな特徴が色濃く出た作品となっている。短編であらすじを書くのは興を削《そ》ぐので避けるが、日本の種痘術を完成させた楢林宗建が試行錯誤を繰り返し、治療法を確立するまでの過程を描いている。読みどころは内科的知識を持っている作者が再現しているだけに緊迫感に溢《あふ》れている点である。早い話が人体実験なのだが、目前の厚い壁を打ち砕いていくためには、強烈な自我と子供たちの命を守るという使命感が不可欠である。それを読者に納得させる力強さがこの作品の特筆すべき点である。

本書は文庫オリジナルです。

いのちを守《まも》る

医《い》療《りょう》時《じ》代《だい》小《しょう》説《せつ》傑《けっ》作《さく》選《せん》

宇《う》江《え》佐《ざ》真《ま》理《り》　藤沢《ふじさわ》周平《しゅうへい》　藤原《ふじわら》緋《ひ》沙《さ》子《こ》
山本《やまもと》一力《いちりき》　渡辺《わたなべ》淳一《じゅんいち》
菊池《きくち》 仁《めぐみ》＝編

令和３年　３月25日　初版発行
令和６年　２月25日　３版発行

発行者●山下直久

発行●株式会社KADOKAWA
〒102-8177　東京都千代田区富士見2-13-3
電話　0570-002-301（ナビダイヤル）

角川文庫 22607

印刷所●株式会社KADOKAWA
製本所●株式会社KADOKAWA

表紙画●和田三造

ISBN 978-4-04-111073-7　C0193

角川文庫発刊に際して

角川源義

第二次世界大戦の敗北は、軍事力の敗北であった以上に、私たちの若い文化力の敗退であった。私たちの文化が戦争に対して如何に無力であり、単なるあだ花に過ぎなかったかを、私たちは身を以て体験し痛感した。西洋近代文化の摂取にとって、明治以後八十年の歳月は決して短かすぎたとは言えない。にもかかわらず、近代文化の伝統を確立し、自由な批判と柔軟な良識に富む文化層として自らを形成することに私たちは失敗して来た。そしてこれは、各層への文化の普及滲透を任務とする出版人の責任でもあった。

一九四五年以来、私たちは再び振出しに戻り、第一歩から踏み出すことを余儀なくされた。これは大きな不幸ではあるが、反面、これまでの混沌・未熟・歪曲の中にあった我が国の文化に秩序と確たる基礎を齎らすためには絶好の機会でもある。角川書店は、このような祖国の文化的危機にあたり、微力をも顧みず再建の礎石たるべき抱負と決意とをもって出発したが、ここに創立以来の念願を果すべく角川文庫を発刊する。これまで刊行されたあらゆる全集叢書文庫類の長所と短所とを検討し、古今東西の不朽の典籍を、良心的編集のもとに、廉価に、そして書架にふさわしい美本として、多くのひとびとに提供しようとする。しかし私たちは徒らに百科全書的な知識のジレッタントを作ることを目的とせず、あくまで祖国の文化に秩序と再建への道を示し、この文庫を角川書店の栄ある事業として、今後永久に継続発展せしめ、学芸と教養との殿堂として大成せんことを期したい。多くの読書子の愛情ある忠言と支持とによって、この希望と抱負とを完遂せしめられんことを願う。

一九四九年五月三日